無職、川、ブックオフ

マンスー

もくじ

1 ちゃんと思い出す

ちゃんと思い出す

1

仕事がない人にも仕事がある

いつも同じ朝。というか夜。明るくなったら寝ていた。暗くなったら起きていた。居住地。実家。キッチンの食べ物。無料。暖かい毛布。無料。全てを洗い流せるお風呂。無料。自分を保つインターネット。無料。それ以外は全て有料。家から一歩でも出れば。本当に。

無職になって数年。やる気ゼロ。お金ゼロ。カロリーゼロ。ではない。ローソンストア100で買ってきたサッポロポテトを毎日のように食べていた。サッポロポテトには2種類あるが、僕は細くカットされた形にカラフルな点々が彩られた「つぶつぶベジタブル」の方が好きだった。
もちろん美味しいから好きという理由もあるが、それよりも、サッポロポテトは他のスナック菓子に比べて量が多いから好きだった。終わらないお菓子。しかもベジタブルなんて名前が入ってるから罪悪感もない。食べても食べても。食べなくても食べてもなくならない。そんな菓子を探してる。

そんな僕にできること。それはマインクラフトの整地だけだった。インターネットがきっかけで知り合った友達数人と流行ってるという理由だけで始めたマインクラフト。同じサーバーで毎日夜に集まり、Skypeでグループ通話をしながら資材を集めて建物を建てたり、ダンジョン攻略を目指したりした。家にいてもブロックで作られた世界だけは無限に広がっていたのだった。

すっかりマインクラフトにのめり込んだ僕は、毎日のようにブロックの木を切り、ブロックの土を削り、ブロックの岩を壊していた。実家住まいの僕でもマインクラフトのなかでは一家の主として3階建ての大きなログハウスに住んでいる。

僕以外の友人はみな社会人として、夜に寝て朝起きるという至極当然な生活を送っている。なので23時ぐらいになると「明日も仕事」「仕事に行きたくない」「仕事やめたい」などとブツブツ言いながら一人また一人とオフラインになっていく。しかし僕は違う。マインクラフトにしか仕事がない。その仕事こそが整地だった。

友人たちが眠りについた後、大量のシャベルを装備した僕は、山を削り平らにする整地作業の準備を整える。そこから無料の光が部屋に差し込むまで一心不乱に土を掘り進める。ザクッ…ザクッ…という音だけがヘッドフォンの中に流れ続ける。意識は遠くにある。明日のことなんて微塵《みじん》も気にしない。時間もない。曜日もない。季節もない。ただシャベルを振る。だけ。途中で集中力が切れたら玄関から音を出さないように外へ出てローソンストア１００に向かう。深夜。4時。トラックと新聞配達のバイク。ボタンを押さないと変わらない信号。誰もいない道。少しだけ起きている家の明かり。全ての家に人がいることは考えたくない。いつも深夜に現れるサッポロポテトを買う人。僕はそんな人に育ちました。

サッポロポテトの咀嚼《そしゃく》音と土を掘る音が一つになる。ザクッ…ザクッ…シャクッ…シャクッ…。整地はリズムだ。同じ間隔でコントローラーのトリガーをひく。ザクッ…ザクッ…シャクッ…シャクッ…。シャベルが壊れる。取り替える。ザクッ…ザクッ…シャクッ…シャクッ…。何もしていない。何もしていないのと同じなのに。何かをしている気分になる。

気がつくと朝のワイドショーが次の番組へと変わっている時間。出演者がそろって神妙な面持ちをしているタイプの。目の前には広大な整地済みの土地。昨日まであった山は全てなくなっている。土地を作った。一人で。一生価値の上がらない土地。もし都心に土地を持っていたら駐車場経営をしたい。夢。ここは違う。努力と徒労の地。

通学途中の子供たちの声が聞こえる。屋根にいるカラスの足音にはっと目を覚まされる。ここはどこ。わたしはわたし。変わらない。拾ったアイテムは種類ごとに分別してチェストと呼ばれる箱にしまっておく。ゲーム機の電源を切る。止まるファンの音。仕事終わりの麦茶が美味しい。冷蔵庫にいつも麦茶がある家庭で生まれて本当に良かったと思う。

夜になればまた友人たちがこの地に訪れる。彼らは僕が一晩で作り上げたこの広大な土地を見て何を思うだろうか。そんなことを思いながらベッドに入る。

明日も仕事をする。

川

昼過ぎ。同じすぎる目覚めと同じすぎる動き。プログラミングされたみたいに繰り返していた。if 午後に起きたら土手に行く。else もう一度寝る。やることがない。やれることがない。やる気だけ。この部屋にはやる気だけが充満していたが、窓を開けると全て換気されてしまった。

自転車に跨り交通量の少ない道を進む。信号。信号。車。信号。自転車も車も運転しているときは運転のことだけを考えられる。信号が変わりそう。止まる。車の気配。スピードを落とす。運転には今その瞬間しかない。今の連続。今。今。今。

それでよかった。それがよかった。そうしているうちに僕の自転車は土手へと続く階段へとたどり着く。

自転車を降りて階段の真ん中に設けられた坂を登る。とにかく広い空間が見たかった。六畳の部屋にはない広さ。遮るものがない。空まで突き抜けるような。とにかく流れ続ける大量の水が見たかった。六畳の部屋にはない空気。ゆっくりとただ流れる。自分には止めることのできない川の流れ。それが土手。土手だ。

大きな川に挟まれた地域に住んでいることもあり、土手は生活の中に溶け込んでいた。どこへ行くにも橋で川を渡らないといけなかった。小学生のとき、友達と一緒に自転車で土手をずっと下って海まで行こうなんて計画を立てて真夏の太陽に照らされながら一心不乱に自転車を漕ぎ続けたこともあった。

そんな友達みたいな土手に。大人になった僕は毎日のように来ていた。20代後半の無職が好きなスポット第1位。土手。土手の上はサイクリングロードになっていて、車よりも早い自転車がたまに僕の自転車を追い抜いて見えなくなる。無職の僕には追い抜けないスピード。少し開けた場所にあるいつもと同じベンチの横に自転車を止めてベンチに座る。スマホを見る。土手の景色なんて10回目くらいで飽きた。遠くが見える場所で目の前のスマホの画面に夢中になる。贅沢。これが贅沢だろうか。違うだろうか。

スマホに飽きたら川の近くへと行く。その場所は緊急時に船を着けられるようになっていてコンクリートで舗装されていた。手すりにもたれかかって川を見る。流れ。決してキレイではない色。すくえば手のひらが透けるほど透明なのに。たまに流れてくるゴミを見つけてそれを目で追う。海まで行くの。流されていく。自分の足に視線を落とす。どこへでも行けるはずの大人なのに。ここにいる。土手に。いる。

家のおやつ棚から持ってきたおせんべいを取り出し食べる。静かな水面におせんべいの食べかすが落ちる。パリッ。パリッ。どこまでも静かな土手に似つかわしくない音。パリッ。パリッ。虚しさなんて遠い昔に置いてきた。なんてことはなくて。

本当はとてつもなく虚しい。どうするのだろう。これからどうするのだろう。答えは風のなかにもない。

いつから土手に行きはじめたのか記憶は定かではない。導かれるように。誘い込まれるように。気がついたら土手にいた。遠くまで見える景色。ただでさえ無限の時間があるのに、それよりも果てしなく無限に感じる時間の流れ。川の流れ。何も考えてない自分が何も考えてないことを赦される場所。そんな気がしているだけ。川にすら役割がある。

日が暮れ始める。家に帰る。

今日も何も生み出していない。それがとても心地よくもあり。とても気持ちが悪い。

寝る。

売るでもなく買うでもなく

寝ることにも飽きて。起きることにも飽きて。インターネットにも飽きたら他にやることがない。そうなったら向かう場所は一つだけだった。実家よりも落ち着く。ブックオフ。

ブックオフに行く理由はそれぞれあると思う。探してる本を買いに行く。本を売りに行く。時間を潰しに行く。でも僕はそのどれでもなかった。ブックオフを感じに行く。ただそれだけだった。

自転車で十数分の場所にあるそのブックオフは、僕にとって骨を埋めてもいいくらいお気に入りの店だった。郊外にある独立店舗型のユニクロ跡地にそのまま居抜きで作られた大型店。天井も広く商品数も多い。店員さんのテンションも非常に心地よかった。

平日の午後。店に入る。店員さんの挨拶が店内に連鎖していく。古本屋特有の紙の匂い。BGMのボリュームがちょうどいい。まずは右側の漫画コーナーへと進む。立ち読みをする人たちの配置。近すぎず遠すぎず。距離感を保っている。誰も喋らずにただ本に向かっている光景が好きだった。小説コーナーや雑誌コーナーをめぐり、最後はCDコーナーに行く。平日はあまり人がいない。100円棚を軽く眺める。100円で売られている名盤に切なさと嬉しさを感じながら。ジュースよりも安く売られる音楽に。

小さい頃、我が家では本に関して1つだけルールがあった。漫画以外の本なら何でも買ってもらえる。本を読むのが好きな父が決めた約束だ。しかしそんなルールを作ったからなのか、僕は漫画ばかり読む子供に育ってしまった。きっと父は自分みたいにたくさん本を読んで知識をつけてほしかったのだろう。なのに実際は「こち亀」を読んで、扉絵に出てきた場所に聖地巡礼をしたり、漫☆画太郎を読んでお腹がねじれるくらい爆笑したりと、父が思い描いた子供とは真逆であった。漫画以外の本を買ってほしいと言ったこともほとんどなかったように思う。

そんな子供が今、大人になり毎日のように用もなくブックオフに行っている。読書もするようになった。読めもしない難しい本を買っては途中で投げ出している。父が壁一面を占めている大きな本棚にたくさん本を並べていた理由も少しだけわかるようになった。自分を作った履歴。自分の軌跡。自分を表す方法。

ブックオフで僕は自分を探していたのかもしれない。大量の本の中から気になる本を手に取る。それが自分かもしれない。手に取らない本の中にだって自分がいるのかもしれない。自分は作っていくしかない。選ぶしかない。

本を売るならブックオフ。本を売らなくてもブックオフ。

最近は実家に帰ると父の本棚を眺めている。父を眺めている。恥ずかしいから気づかれないように。いつだったか、父の本棚に「働かない息子を持つ父親」みたいなタイトルの本を見つけた。早くブックオフで売ってほしい。

どこにも行けない

大学1年生。5月。ピンク色の浮かれた木々たちが茶色になる頃。僕は大学に行けずにいた。理由はあまり覚えていない。同じ講義で顔を合わせて喋る友人もできたし、委員会なる真面目な組織にも勢いで所属していた。でも、大学にはほとんど行っていなかった。何となく。ただ何となく。その後ちゃんと2回留年した。2マス戻る。

だからといって家にいたわけではない。ちゃんと大学に行く〝フリ〟をしていた。えらい。フリでもえらい。褒めないとやってられなかった。形式上の通学。体裁を気にするだけの通学。ただ外に出るだけの通学をしていた。

朝。使わない教科書をリュックに詰める。何だっていいのに律儀にその日使うものを入れる。朝。めざましテレビの音。父親がコーヒーを啜る音。母親がトーストにジャムを塗る音。その横を無言で通り過ぎる。大学生になったばかりの息子に両親が期待の目線。背中に刺さる。刺さった視線は皮膚を突き破り僕の内蔵を通り抜け、胸のあたりから飛び出す。家からバスで10分。電車で40分。揺られる。揺られる。揺られ続ける。バスの音。電車の音。人の声。iPodから流れる音楽で全部消す。

乗り換え駅。人混み。ゴミみたいな顔で降りる池袋。本当はここから別の電車に乗り換えてさらに1時間ほど電車に乗らなければいけなかった。片道2時間の小旅行みたいな通学だった。旅行だったらどんだけよかっただろう。駅弁もビールもない。寝るしかできない高速で勝手に進む長方形の箱に耐えられなかった。

乗り換え口に向かう人たちと歩幅を合わせる。合わさる。流される。意識なんかなくたってたどり着けるぐらいに。乗り換え改札の前。僕は毎朝考えていた。なんで大学に行くのか。なんで。なんで。なんで。なんで。なんで。なんで。なんで。なんで。なんで。なんで。なんで。なんで。なんで。なんで。↑自分で受験して自分で入学したから。1限目の講義に出る理由は1個だけど出ない理由は数えられないほどにあった。

今日も適当なサボりの理由が頭に浮かぶ。だから乗り換えないで出口へ向かう。向かうスピードは日々速くなる。光すら追いつけない速さで改札へと向かう。通学定期券があれば改札は簡単に開いた。僕の逃避を応援してくれているように。いとも簡単に。

朝の池袋を歩く。悪いことしてるみたいな顔で。だからといって行く場所なんてない。だから少しずつこの街に自分の居場所を増やしていった。まず向かうのは決まってマクドナルドだ。忙しそうにコーヒーをテイクアウトしていくサラリーマンを横目に、何も怖いものがないくらい落ち着いている僕は2階のカウンター席に向かう。

大学で無理やり買わされたノートPCを開く。カフェでカッコよく開くMacBookに憧れていたけれど。僕がマクドナルドで開いたのは分厚くて重たくてファンの音がうるさいWindowsだった。そんでやるソリティア。今までどれほど人の時間を奪ってきたのかはわからないが、このときの僕はソリティアに救われていた。確かに救われていた。目の前の画面に集中する。全てを忘れてカードを配置していく。自分が大学生ではなくソリティアをする人になる。それが心地よかった。どんな神様だって目の前にカードを配ってはくれない。どんな神様だって全部そろえたときに画面いっぱいにカードを飛び出させてくれはしない。救い。救い。救いをソリティアに求めていた。集中。集中。この集中力を大学で活かせていたら今頃なにをしていたのだろう。たぶんここにはいなかった。毎日マクドナルドで朝からソリティアをしている人にはならなかっただろう。

昼頃にマクドナルドを出る。そこからは適当に街を歩き、意味もなくサンシャイン60でベンチに座ったり、池袋にある自分とはまったく関係ない大学のキャンパス周辺を歩いて少しだけ安心感を得たりもした。あの頃の自分に「自分の大学に行け」と言いたい。

大学の雰囲気は好きだった。みんながバラバラでもいい空気が。自分が何をしているのか知らない人がたくさんいるところが。でもだからこそ自分の大学が嫌だった。

サボりにも貫禄が出てきて池袋の道という道を全て歩き終えそうな頃、マクドナルドから道に出た瞬間、自分がどの方角にも行けることがとてつもなく怖くなる瞬間があった。目的地がない。始まりと終わりの終わりがない。ただ足を動かしているだけ。ただ少しずつ道を歩いているだけ。どこにもたどり着けない。時間を進めるだけの存在。あのとき。ソリティアですらも救えない人間が池袋にいた。

どこにだって行けた。どこかに行くしかなかった。

夕方の池袋を歩く。悪いことしてるみたいな顔で。悪いことをしているってその瞬間には気づけない。悪い自分を反省するときがいつか来る。それも知っていたのに。だから瞬間。瞬間しかなかった。瞬間で生きていた。

帰宅ラッシュの電車に乗る。他人との境界線がなくなった車内は、どこまでが自分かわからなくなる。その感覚に安心していた。ずっと乗っていたいとすら思った。

何で大学に行かなくなったのか覚えていない。どこにも行けない自分が行ける場所が池袋ってだけだった。ソリティアには今も救われるときがある。

一人で暮らすということ（1）

最初の留年が決まり、2回目の1年生。新しい春なんてものじゃなくて中古の春。大学が遠すぎて一人暮らしを始めた。大学近くの町。駅前にコンビニと松屋とマクドナルドしかない町。駅の反対側には広すぎる駐輪場しかなかった。しかし僕はその何もなさに安心をしていた。大学に行くために借りた部屋。大学で勉学に励むために借りた部屋。そんな町には広い駐輪場だけあれば十分だったのだ。

学生向けのワンルーム家賃6万円。トイレットペーパーがすぐにしなしなになるユニットバスとお湯を沸かすのに10分かかる電熱線のコンロ以外はとても好きな部屋だった。窓から遠くに見える埼玉の山々がこれから始まる（ちゃんと大学に行く）大学生としての自分を応援してくれているみたいだった。

角部屋だけにある小さな出窓から差し込む光で目を覚ます。1限の講義まではまだ時間がある。着替えを終えるとお気に入りのマグカップにコーヒーを注ぐ。トースターからパンの焼ける匂いがする。ジャムを塗り朝のワイドショーを見ながら食べる。それでも時間があるのでノートPCを開き、進捗が遅れているレポートを進める。通学時間が短くなっただけでこんなにも心に余裕が生まれるものなのだと僕は思う。大丈夫。僕は大丈夫だ。留年した分を取り戻せる。これからは毎日ちゃんと大学に通って素敵なキャンパスライフを過ごす!!

……はずだった。無理だった。無茶だった。無謀だった。無知だった。無力だった。無計画だった。無能力だった。無収入だった。無表情だった。無理難題だった。自分しか変えることのできない自分が。簡単には変わらないことを自分が一番知っていたはずなのに。

現実は起きたら11時。寝起きと諦め。ベランダに出て干しっぱなしにした洗濯物を取り込む。遠くを見る。遠くの山にゆっくりと焦点を合わせていく。山のように動くことがない気持ち。留年のおかげでどんなときでも焦らないことだけは得意になった。お昼のニュースを見ながらご飯を食べる。実家から仕送りで送ってもらった袋ラーメン。麺をすする音が誰もいない学生用マンションに響き渡っていた。

お昼ご飯を食べ終えると大学へと向かう。今日は午後から講義なんですみたいな顔をしてバスに乗る。そのときの僕は何も考えていなかった。いや、正確には、朝は昼ご飯のことしか考えていなかった。昼は夜ご飯のことしか考えていなかった。夜は朝ご飯のことしか考えていなかった。明後日のことも来週のことも来年のことも考えられないままに。

大学に着くと足が勝手に図書館へと向かっていた。不思議だった。大学にいるのに大学にいなかった。大学に行かないことが大学に行けなくしていた。図書館に入ると貸出カウンターの奥にある狭い通路へと進む。そこは書庫の入口。受付に入館時間を書き、荷物を棚に預けてゲートを進む。書庫は薄暗くて少しだけ空気がひんやりとしていた。

書庫は2フロアで構成されていて、僕が好きなのはらせん階段を下った先にある地下のフロアだった。人が一人通れるだけの間隔で本棚が所狭しと並んでいる空間。打ちっぱなしの壁。薄暗い照明。埃っぽい空気。ただ空調の低い音だけが響いている。携帯の電波もほとんど届かなかった。

学生の中でも書庫に入れるということはあまり知られていなかったのか、ここはいつ来ても人がいなかった。自分だけの場所。数百万円の学費を払って手に入れた場所だった。

書庫の一番奥にある踏み台を椅子にして本を読む。たまに自分と似たような人を見かけることもあったが、お互いの邪魔をしないように自然と距離を空けて過ごしていた。なんて贅沢な時間だろう。大学の全てを無駄にして過ごす一人だけの空間と時間。

夕方になると図書館を出る。何もしてないことへの充実感でいっぱいになりながら。家の近くのスーパーへ行き、もやしと油揚げを買う。何もしてない自分への精一杯のご褒美だった。家までの道。この先に自分の部屋がある。どんな日でも帰るための部屋がある。それが不思議だった。使わない教科書でいっぱいのリュックを下ろすとお湯に粉末だしを入れ煮立たせ、もやしと油揚げを入れて鍋を作って食べた。もやしと油揚げの味。今はそれでいい。

そしてまた朝までインターネットをする。

それが現実だった。素敵なキャンパスライフは遠のいていく。手の届かない遥か遠くの場所まで。1年間で獲得した単位が2単位の人間に大学の神様は微笑まない。

一人で暮らすということ（2）

3回目の1年生。（は？）。2回目の留年が決まったとき、母親に電話をした。緊張のあまり小声になる。そのとき出せる一番の声量。空気が多く交じった声。あっ……あの……実は……また留年をしまして……。沈黙。世界で一番長い沈黙。世界中の人が動きを止めて。動物たちは息を呑む。言葉。言葉が。何でもいいから言葉がほしい。

時が動き出す。母親は笑っていた。その裏にどんな感情があったのかは今も聞けずにいるが。たしかに笑っていた。いつも優しい母は笑うしかなかったのかもしれない。もしかしたら自分を守るために記憶を改ざんしているのかもしれないけれど。そういうことにしておく。そういうことにさせてください。

そうして何も成し遂げられないまま一人暮らしは2年目。大学の講義にはある程度ちゃんと出席していた。なにか大きな変化のきっかけがあったわけではない。留年を重ねるにつれて自然と怖いものがなくなっていたから。どんなときでも落ち着いていられる性格になっていたから。

いまだに単位が取れていない基礎の講義にも堂々と出席した。とある講義では希望に満ち溢れた新入生たちと一緒にグループも組んだ。グループの人たちは僕も同じ年に入学したと思っているので、それがバレたとき少し気まずかったが「ちょっと理由があって……ははは……」とごまかしつつ、担当の教授がどんな風に試験をするのかなどを教えてあげた。まるで自分がループ物アニメの主人公になった気分だった。

一人暮らしにも慣れた。仕送りで送られてきたカレーのルーをお湯に溶かしただけの具のないカレーと強力粉で作るチャパティで何とか食いつなぐ。日々。

ある日。ベランダで洗濯物を干していると、突然どこからか「すいません」と声がした。あまりに突然のことだったので、それが自分に対しての言葉だとは思えなかった。そしてもう一度「すいません」という声がした。慌てて周りを見渡すと隣の部屋のベランダから女性の顔がこちらを向いていた。

これは絶対にあれだ。注意されるやつだと思い、僕は身構えた。テレビの音が大きかったのだろうか、楽器禁止なのにギターを弾いてるのがバレたのだろうか、夜中に大きな屁をしているのが気に障ったのだろうか。思い当たるフシがあり過ぎるほどに。ある。

すぐ謝る姿勢になろうとしたが、隣の部屋に住む女性から出た言葉は意外なものだった。

「もしかしてハルヒ観てますか？」

ハルヒ？　アニメ『涼宮ハルヒ』のこと？　たしかに毎週欠かさずリアルタイムで観ている。しかし隣に住む女性にそんなことを言われるわけがない。もしかしたら聞き間違いかもしれない。僕の知らないハルヒという言葉がある？……いきなり出てきたハルヒという単語と、理系大学で女性との会話に慣れていない僕はとにかく慌てた。

その様子を見て何かを悟った女性は「あっ、涼宮ハルヒです」と言った。たしかに言ったのだ。さらにパニックになった僕は、しどろもどろになりながらハルヒ観てます。あの。テレビの音量が大きいですか。ごめんなさい。と訳もわからず咄嗟《とっさ》に謝っていた。

すると女性は「いいえ、私も観たいんですが、うちにテレビがなくて……もしよければ観に行ってもいいですか？」と僕に言った。頭が爆発しそうになった。いや実際に爆発して、頭の中が白煙に覆われて何も考えることができなかった。本当に意味がわからないことが起きたとき、人は何もすることができない。

しかし、複数回の留年を経験して、何事にも落ち着いた自分になれているはずだ。一瞬で頭の中を整理して考えを巡らす。一人暮らし。隣人の女性。涼宮ハルヒ。放送時間は深夜。女性が部屋に来る。一緒にハルヒを観る……。

女性と一緒に深夜の部屋でハルヒを観る!?!?!?!?!?!?!?
女性と一緒に深夜の部屋でハルヒを観る!?!?!?!?!?!?!?
女性と一緒に深夜の部屋でハルヒを観る!?!?!?!?!?!?!?
女性と一緒に深夜の部屋でハルヒを観る!?!?!?!?!?!?!?
女性と一緒に深夜の部屋でハルヒを観る!?!?!?!?!?!?!?
女性と一緒に深夜の部屋でハルヒを観る!?!?!?!?!?!?!?
女性と一緒に深夜の部屋でハルヒを観る!?!?!?!?!?!?!?

女性と一緒に深夜の部屋でハルヒを観る!?!?!?!?!?!?!?
女性と一緒に深夜の部屋でハルヒを観る!?!?!?!?!?!?!?
女性と一緒に深夜の部屋でハルヒを観る!?!?!?!?!?!?!?
女性と一緒に深夜の部屋でハルヒを観る!?!?!?!?!?!?!?
女性と一緒に深夜の部屋でハルヒを観る!?!?!?!?!?!?!?
女性と一緒に深夜の部屋でハルヒを観る!?!?!?!?!?!?!?
女性と一緒に深夜の部屋でハルヒを観る!?!?!?!?!?!?!?
女性と一緒に深夜の部屋でハルヒを観る!?!?!?!?!?!?!?
女性と一緒に深夜の部屋でハルヒを観る!?!?!?!?!?!?!?
女性と一緒に深夜の部屋でハルヒを観る!?!?!?!?!?!?!?
女性と一緒に深夜の部屋でハルヒを観る!?!?!?!?!?!?!?
女性と一緒に深夜の部屋でハルヒを観る!?!?!?!?!?!?!?
女性と一緒に深夜の部屋でハルヒを観る!?!?!?!?!?!?!?
女性と一緒に深夜の部屋でハルヒを観る!?!?!?!?!?!?!?
女性と一緒に深夜の部屋でハルヒを観る!?!?!?!?!?!?!?

しばらくの沈黙があった。そして僕は意を決してこう言った。

「あっ……ごめんなさい、夜はちょっと……すいません……」

正解がどうだったのかはわからないけど、これが自分。それが自分。これまでもこれからも、これが自分なのだと思った。少しだけ後悔はした。いきなり隣人の部屋に上がろうとするなんて明らかに怪しい。もしかしたらハルヒはきっかけに過ぎず、その後に宗教の勧誘をしてきたかもしれない。

それから僕は、変な気まずさからマンション内で絶対に隣人に会わないように生活をするようになった。

数日後、隣人の部屋から爆音で音楽が流れてきたときがあった。耳を傾けると、それはハルヒに出てくる古泉一樹のキャラソンだった。

あの日からずっと僕のエンドレスエイトは終わっていない。

一人で暮らすということ（3）

大学の講義にも出始めて、なんとなくキャンパスライフというものがわかってきた大学2年生。実質4年生。わかるのが遅い。遅すぎる。相変わらず講義をサボることもあったがだんだんと単位も増えてきて卒業までの兆しも見え始めてきた。光。

僕の部屋はというと、ブックオフで買った大量の本が積み上がり、アニメのフィギュアを並べ、近所のインディーズ100円均一でなぜか売られていたレンタル落ちVHSテープが所狭しと並んでいた。なんか、これが大学生の一人暮らしだと思った。好きなものに囲まれることの幸福感。安心感。誰のものでもない自分だけの領域。高校生の頃に読んだ浅野いにおの漫画に出てくるような部屋。そんな自分の部屋に惚れ惚れとしていた。

週末になると数人の友人が家に遊びに来る。飲むのは決まって4リットルサイズの大五郎。友人が実家から送ってきたというパックの野菜ジュースで割って飲んだ。健康的な飲酒。アルバイトをしたお金で奮発して買ったちょっと良いスピーカーで、それぞれが最近気に入っている音楽を流して真剣に聴く。テレビでB級映画のVHSテープを流し、酒を飲んでそのくだらなさを笑いながら観る。気がつけば外が明るくなる。次の日のことなんて考えずに笑っていた。次の日のことなんて考えずに喋っていた。途方もなく。終わることのない。永遠に感じたあの夜。なんて素敵な時間だっただろう。なんて夢みたいな時間だっただろう。

昼に起きる。二日酔い。大五郎の代償は大きい。重い身体を引きずるように、お気に入りのラーメン屋へ行く。油まみれの床。ボロボロの漫画。読めなくなったメニュー表。おじちゃんはいつも優しかった。頼むのはいつも温つけ麺。味の濃いつけ麺のスープで目を覚ます。スープの表面にたっぷりと膜を貼った油がお酒の気持ち悪さを上書き保存してくれるようだった。Command + S

このつけ麺屋は数年後に潰れてしまった。噂では、ラーメン屋を辞めてタクシー運転手になったそうだ。通っていたとき少しだけおじちゃんと話したことがある。いろんなラーメン屋を食べ歩くのが趣味と言っていた。もしかしたら今もタクシーでいろんなラーメン屋を巡っているのかもしれない。そうだったらいい。

ある日、大学内の掲示板にアルバイト募集の張り紙を見つけた。オープンキャンパスの設営や手伝いをしてほしいという内容だった。せっかく大学の近くに住んでいるし、絶対に楽な仕事だと思った僕はすぐに応募した。払い過ぎた学費を少しでも取り戻さなければいけなかった。

アルバイト当日、穏やかな気持ちで大学へと向かう。あんなに行かなかった大学だったのに、今やどんな場所でも知っている。遠い建物まで向かうときの近道。実は内側から開けることができる秘密の屋上。大学の裏にある謎の廃墟や誰も近づかない大きな池とお気に入りのベンチ。どこにだって案内できる。

仕事内容は予想通り、簡単で楽なものだった。椅子と机を並べたり案内の看板を出したりして、あとは夕方まで適当に訪れた高校生を案内すればよかった。はずだった。突然の配置替え。僕が担当することになったのは、高校生を相手にした、大学に関するお悩み相談コーナーのスタッフだ。大学にまったく行かず2回留年してる人間が!? 高校生の!? 悩みを!? 解決する!?

さきほどまでの余裕な顔は消え、急激な緊張感に襲われる。今すぐ逃げ出したい。僕が教えられることと言えば、大学はどのくらいまでサボるとヤバいのか、大学で講義に出たくないときに一人で時間を潰せる場所10選。留年したときに親へどういうふうに話を切り出せばいいのか。カフェテリアのソフトクリームはアイスを圧縮して出すタイプだから買わないほうがいい。そのくらいの話題しかなかった。

そんなことを考えていると最初の高校生が来てしまった。とりあえず、いかにも大学でガンガン勉強してますみたいな雰囲気を出してみる。出ない。出るはずがない。その高校生は、この大学はレポートとか多くて大変ですか？という質問をしてきた。緊張も感じる真面目な表情。大学への不安。わかる。わかる。不安ですよね。よし。3回1年生をやっている僕がお答えしましょう。レポートなんて出さずに、試験が終わった後に教授のところへ行って勝手に作った中身がスカスカのレポートを提出しつつ、大きな声で「留年できないです！お願いします！何でもします！単位をください！」と言うだけで、意外となんとかなる。

……なんて言えないので、「まぁ、多い方ではあるけど同じ講義を受けている友達と協力すればそこまで大変じゃないよ」という回答をした。協力してくれる友達なんていなかったばかりか、レポートの提出があったことすら知らなかった人間が。未来に希望を持った高校生に。

その後も、訪れる高校生たち相手に、みんなが想像する大学生像を勝手にイメージしながら無難な回答をして何とかやり過ごした。あのときの高校生たちが、その後どうなったのか僕は知らない。ちゃんと大学に通ったのだろうか。友達と協力してレポートを作成したのだろうか。知るすべもない。

今も、あの部屋では大五郎の巨大なペットボトルに差し込んだ光がキラキラと揺らめいている。そんな気がする。そう思っている。

送られることなく

同じ年に大学へと入学した友達たちが卒業のシーズンを迎えた。みんな4年生。僕は2年生。時間の流れについて今一度考えたい。これが相対性理論なのかもしれない。僕がまだ基礎的な授業を受けているとき、周りは就職先の話や卒業旅行の話をしていた。一生基礎の人生。基礎やる気あります。基礎やらせてください。

本来ストレートで進級していれば行くはずだった卒業式の日が近づいてきた。新生活。春。スタートライン。そんな言葉を使うことすら許されない僕は、同じく留年をしている友達A君と一緒に呼ばれていない卒業式に行くことにした。何のために行くのかはわからなかったけど行くことにした。必要とされていない場所に行きたかった。いなくてもいい場所に行きたかった。その中で。自分を自分で見てみたかった。

当日の朝。スーツに着替え家を出る。会場の日本武道館に着く。みんな笑っていた。ただ笑っていた。そして。祝われていた。A君と合流して保護者席と書かれた看板の方へ向かう。受付の人は少し怪訝《けげん》な顔をしていたが何も感じなかった。2回留年した人の心は強い。それはそれは強いんだ。

卒業生は1階で式の始まりを待っている。そして留年生は2階にいた。しかも最前席で。これから社会に放り出される人たちを上から見ている。神様みたいに。目をつぶる。別の世界線の僕が下に座っている。そのときに今の僕はどこにいたのだろうか。考える。考える。考えない。

式が始まってしまえば退屈だった。関係のない式に感情はない。

やることがないからA君と一緒に作った「留年生」と書いた段ボールを掲げてみる。武道館の空気は1ミリも動くことはなかった。ただ静かに。ただ静かに卒業生たちは送られていく。居場所はない。どこにも。

それからの記憶は定かではない。A君とさくら水産に行って50円の魚肉ソーセージを食べながら安い酒を飲んで家に帰ったと思う。

それから数年後に訪れた本当の卒業式。知らない人しかいない卒業式。でもそれは卒業式の数日前に発生した史上稀に見る大地震で開かれることはなかった。

祈り、消えた

働くこと。働きに出ること。何一つ理解をしなかった23歳。大学。留年2回のリズム。1。2。1。2。普通じゃない3年生。知ってる人が誰もいない3年生。それぞれのスーツを着た人たちが大きな箱に集まるイベントには一度も行かなかった。それぞれのスーツを着た人たちが小さな箱に集まる説明会には一度も行かなかった。興味ありませんの顔。自分別にどうでもいいですの顔だけしている。違う。怖い。怖い。

何もできない自分が現れる。何も学んでない自分が現れる。それがただただ怖かっただけだった。どの会社のことも好きじゃない自分が。その自分がその会社を好きな理由を言うことが怖かった。作られた清潔感と作られた口角を上げた表情が怖かった。自分の情報をたくさん書いた紙が怖かった。人を見ていますという対岸の目線が怖かった。その怖さを隠すために興味のないふりをしていた。

無駄な自意識が重なり続けた。ビッグマックみたいな僕は。自意識博物館の展示物としてガラスのケースに入れられて。もうどこにも行けそうになかった。終了。

とはならず。一回だけ就活をしたことがある。何の会社だったのか。なぜそこだったのか。一つも覚えていない。覚えていること。スーツの人たちの重い空気で今にも落ちそうなエレベーター。光の差し込む大きな会議室。一番前の席。気持ちなら一番うしろにいる僕が。白すぎるホワイトボード。働いている人の目。働いている人の口。全て頭の中を素通りする特急快速の言葉たち。目の前に置かれた適性検査の紙。考えるふり。動かない手を少し動かす。考えるふり。頭の中。これが終わったらお昼の時間。何を食べようか。松屋。マック。サイゼ。松屋。マック。サ

イゼ。松屋。マック。サイゼ。松屋。マック。サイゼ。松屋。マック。サイゼ。松屋。マック。サイゼ。松屋。マック。サイゼ。

　ほとんど白紙に近い。重さの変わらない紙を提出して席を立つ。少しだけ軽くなったエレベーターは落ちることなく1階へとたどり着いた。スーツで街を歩く自分。スーツで松屋に入る自分。スーツでビビン丼を食べる自分。スーツで電車に乗る自分。いつかこんな未来があるのだろうか。映画になることはない人生。ふんわり名人きなこ餅くらいの軽い自信だけが。ただそこに残った。サクッ。お祈りメール。シュワッ。消えた。

なんとか

無職になることが確定した大学4年生の3月。あとは卒業式に出るだけで6年間に渡る長い長い学生生活が終わる。全てが終わる。終わりの後には始まりがあると言うけれど、今回ばかりは何も始まらない。これから一生終わり続けるのかもしれない。そうはなりたくないけど。そうなりたい破滅願望も少しあったけど。不安は何一つなかった。

大学生活を振り返る。

すぐ講義に出なくなった1年生。
ちょっとだけ頑張ろうとしたけどまた駄目だった2回目の1年生。
さすがにヤバいと思ってたけどどうしようもなかった3回目の1年生。
いい意味でも悪い意味でも怖いものがなくなってきた初めての2年生。
大学が家みたいに思えてきて、妙な落ち着きを見せた3年生。
むしろ卒業したくないとも思った4年生。
6年をかけた大きな大きな大回り。小さな小さな世界。時間。学費。考えたくない。

やることもない僕は。家にいた。新生活の準備をすることもなく、旧生活のまま。今考えれば家にいるときにやってることなんて何一つ変わっていない。インターネット。オンリーユー。これから始まる無職生活の助走。すでに。とうに。とっくに。十分すぎるほどに部屋の空気は温まっていた。いつでもやれます。自分、いつでも無職いけます。やる気あります。やらせてください。そんな気持ちだった。そんな気持ちにしかなれなかった。知らないことが多すぎた。根拠のない自信。いつだって根拠をほしいものリストに入れている。

あの頃からずっと心にある言葉。とりあえず思い浮かぶ言葉。ついつい口にしてしまう言葉。どうやって生きていくのか未定の状態で、僕はいつもその言葉だけをお守りにして生きてきた気がする。「なんとかなる」――それだけ。

なんとかなるっていうのは、難しい。なんとかするのはだいたい自分だし。なんとかなったと思うのも自分だ。なんとかなるためには、なんとかしなければいけない。他力を信じて何もしないこともできるけど、そういうときはだいたいなんとかならないことが多い。だから。たぶん。きっと。自分を少しでもなんとかするために。「なんとかなる」なんて無責任な言葉を繰り返している。

しかし、「なんとかならなかった」状態って一体どんな状態だろうか。それは自分の思い通りにいかなかった世界でもあり。自分が何もしなかった世界でもある。でも、それすらも本当は、なんとかなっているのかもしれない。自分にとってなんとかならなかった世界は、誰かにとってはなんとかなった世界なのかもしれない。世界が止まらず動いているなら。人が誕生しているなら。人が灰になっているなら。夜空を見上げたら星が瞬いているのなら。それはなんとかなっている。と思うほかない。

春から何もかもを失って。ただの人間になる。いるだけの。動くだけでも疲れるのに。

突然家が揺れた。大きな地震。僕はノートパソコンを持って机の下に隠れた。落ち着いたときに思った。自分が守るのはノートパソコンなんだって。他には何もいらない。何も必要ないもので溢れている。

いつか僕はノートパソコンじゃなくて大切な人を守れるだろうか。

なんとかしようと思う。

歩く時給

長い長い無の時間。夏の数ヶ月だけアルバイトをしていた。接客業だけはやりたくなかった。みつけたのはサウナのチラシ配り。チラシ配りといえば日によって場所を変えたり違うものを配る形態が多いのだが、その店では同じ場所で同じチラシを配るだけだった。これかもしれない。幸いにも同じ作業を繰り返すことがあまり苦ではない性格だったのですぐに応募した。

採用。初日。チラシの配り方や場所を説明された。ただ配ればいいと思っていた僕にとっては余裕だった。人当たりの良い40代くらいの店長は優しい口調で最後にこう言った。じゃあ配るときはこれを着てね。店長が差し出してきた服に僕は唖然とした。唖〜〜〜〜〜〜〜然。くらいの唖然。

派手なピンク色のTシャツ。正面には有名タレントの顔がでかでかとプリントされている。夫婦で全身ピンクの服を着て、芸能人の誕生日を暗記し、つねにカメラを手に持ち、飄々とした喋りをするあの人だ。どうやらその店のイメージキャラクターとして起用しているらしい。

言いたいことが892個くらいあったが全てを飲み込む。胃で消化する。消化不良。オエッ。気がつくと僕は派手なTシャツを着て駅前に立っていた。そのサウナは上野駅近くだったこともあり、すごい数の人が歩いていた。チラシを配り始める。ティッシュならまだもらってくれたのかもしれない。僕だってもらう。でもここにあるのは割引券がついているだけの紙だ。しかも今ほどサウナがブームになってもいない頃に。

人が通り過ぎる。人が通り過ぎる。人が通り過ぎる。交わることはない。人が通り過ぎる。誰も僕のことなんて見ていなかった。こんなにも派手でおかしなピンクの服を着ているのに。駅前の。交差点の。動かない。僕の座標だけが。ある。

なんて虚しさも一日経てばなくなった。サウナが好きそうな年配のサラリーマンに狙いを定めれば意外とチラシはなくなった。やり方さえ覚えればいい。何も考えず手を差し出す。それだけの機械。誰にも見られていないことが逆に助けになることもある。冷凍都市。東京。ありがとう。

チラシ配りにもだいぶ慣れてきた頃だった。僕の担当がチラシ配りからポスティングへと変わると店長に言われた。チラシを持って街を歩き、ポストに入れる仕事だ。あのTシャツはもう着なくていいらしい。ちょっと寂しかった。寂しいわけないのに。でもあのおかしな服のおかげで同じ場所でチラシ配りをしている人と少しだけ仲良くなったりもした。夜になると現れるホストのキャッチに笑われたこともあったけど、何日も同じ場所に立っているとお互いを仲間だと思うのかもしれない。

その人とも少しだけ話すようになった。外に立ち続ける人だけがわかる辛さ。暑さ。悲しさ。たくさんの点のひとつ。が。少しだけ交わった。

ポスティングの仕事はとても楽しかった。白黒プリントされた周辺地図からその日行く地域を決めたらマジックを使って枠で囲む。戻ってきたらその枠を塗りつぶす。ルールはそれだけだ。あとは一人で街を歩く。ただ歩く。

僕は歩くのが速い。そして地理感覚が人よりもあると思っている。楽勝だった。これは楽勝すぎると思った。対象地域へ向かいながらグーグルマップで効率的に回れる道順を覚える。全ての道を塗りつぶすように配る。昼から始まり夕方に店へと戻る予定が組まれていたが、僕は最初の2時間で全てのチラシをポストに投函し終えていた。ただ闇雲に投函したわけではない。こだわりとしてチラシお断りのマンションには絶対にチラシを入れなかった。人にやられて嫌なことはしない。チラシ一枚で全てを終わらせたくはない。サウナのチラシ一枚で。

あんなにチラシで重かったのに今は空っぽになったバッグを持って。僕は満足感に溢れた状態でブックオフにいた。クーラーで体を冷やす。欲しかった小説を見つけて喜ぶ。まだまだ時間はある。マクドナルドで100円のジュースを買う。平日の昼間。お客さんも少ない。窓際のいつもの席に座る。そして本を読みながら世界を忘れる。なんでここにいるのか。なんでこんなことをしているのか。全部忘れる。ジュースの氷は全て溶けていた。

街を歩くだけで時給をもらっていた。ブックオフにいるだけで時給をもらっていた。マクドナルドで本を読むだけで時給をもらっていた。生活に時給が発生していた。そんな自分が誇らしかった。

素晴らしい日々というものはずっと続かない。永遠なんてない。わかる。あっという間に店周辺の地域に全てポスティングを終えてしまった僕は、その範囲を三駅先の地域まで広げていた。店に貼られた地図もほぼ全てが塗りつぶされて地図としての意味をなくしている。もちろんブックオフとマクドナルドに行ってはいたが、与えられた仕事は全てこなしていた。

その異常なやる気に驚いたのか、ある日店長から「君はとてもやる気があるからポスティングはもったいない。サウナの管理をする仕事をやってみないか」と言われた。

すぐにアルバイトを辞めた。

今でもブックオフとマクドナルドに行くだけで時給が発生する仕事を探している。

いたくない

実家で暮らす無職にはやらなければいけないことが1つだけある。ハローワークに行くこと。そうすれば数年はやっていける。家を出るときに親に一言だけ告げる。ハローワークに行く。それだけ。それだけだ。それ以外にやれることはない。

そこは新宿。それまでハローワークに行くとだけ言っていたが行ったことは一度もなかった。しかしだんだんと怪しまれ始めてきた。親の目は鋭い。刺さる。刺さりすぎて突き抜ける。意を決した僕は新宿西口のビル群のなかにいた。下を向いて歩く。意識の低さ。高層ビルの高さ。最初はなんて言えばいいのだろうか。職を探しています。職をください。職、余ってませんか。ハローなんて言える気持ちは。微塵もない。

受付の人は優しかった。全て見抜かれていた。言われるがままに進んでいく。言われるがままに生きていたら。ここにはいなかった。でもここにいる。ハローワークのパソコンの前にいる。気になる求人情報があったらプリントアウトをするらしい。パソコンは一日中Twitterをするためではなく、求人情報を見るために存在していた。らしい。

職員の方に勧められて、自分が向いている職業がわかる検査を受けてみることにした。大きな部屋に入る。そこには30人ほどの人が座っていた。決して透き通らない空気。後ろ向きな前向きさ。その一部。自分。

テスト用紙のようなものが配られて検査が始まった。ペンの音。咳払い。簡単なテスト。その状況が現実だった。これが現実だった。何もない人間が。ここにいる。

何もしてこなかった人間が。今。ここで。平日。昼間。明日のことまでしか考えられない自分が。数年後のことを考えてしまう。数十年後のことを考えてしまう。ここにいたくない。

それからハローワークに行くことは二度となかった。まだしばらくは間違い続けるしかできなかった。パソコンは。この手は。一日中 Twitter をするためにある。

僕の部屋の机の上には印刷した求人情報の束があった。まるでお守りのように。

いてもいい街

無職になってから数年。家の近所にも飽きた僕は秋葉原をよく歩いていた。高校生の頃からよく行っていたのだが、無職になってからの秋葉原ときたら、それはそれは魅力的だった。何せ時間が無限にある。お金は無限にない。ただ、秋葉原はお金がなくても、それでも行きたい街だった。そんな街は後にも先にもないと思う。

僕の秋葉原の楽しみ方はとにかく歩くことだった。電気街口。高架下。電球専門店の店先の光たち。ラジオデパート。地下のジャンクショップ。電子パーツ街。秋月電子の店員の知識量。ソフマップ。中古ゲームショップの洋ゲーコーナー。薄暗いゲームセンター。路地の先にあるボロボロの一軒家の2階にあるTシャツ屋。まんだらけ。まだメイド喫茶がメイド喫茶として、そこにあった頃。


歩く。歩く。歩く。歩く。歩く。歩く。歩く。歩く。歩く。歩く。歩く。歩く。歩く。歩く。歩く。歩く。歩く。歩く。

歩く。歩く。歩く。歩く。歩く。歩く。歩く。歩く。歩く。歩く。歩く。歩く。歩く。歩く。歩く。歩く。歩く。歩く。

歩く。歩く。歩く。歩く。歩く。歩く。歩く。歩く。歩く。歩く。歩く。歩く。歩く。歩く。歩く。歩く。歩く。歩く。

歩く。歩く。歩く。歩く。歩く。歩く。歩く。歩く。歩く。歩く。歩く。歩く。歩く。歩く。歩く。歩く。歩く。歩く。

歩く。歩く。歩く。歩く。歩く。歩く。歩く。歩く。歩く。歩く。歩く。歩く。歩く。歩く。歩く。歩く。歩く。歩く。

歩く。歩く。歩く。歩く。歩く。歩く。歩く。歩く。歩く。歩く。歩く。歩く。歩く。歩く。歩く。歩く。歩く。歩く。


小さな店が大量に並ぶ様子が好きだった。ごちゃついているようで、どこか統一感もある。そんな最小限の細胞の集まりが街のうねりを生み出して、独特なグルーヴを作り出していた。秋葉原にはリズムがある。そのリズムに乗るように歩く。特に何かを買うわけではない。そもそも買えない。それでも。同じ街なのに来るたびに表情を変える街を、ただ感じていた。

歩く。歩く。歩く。歩く。歩く。歩く。歩く。歩く。歩く。歩く。歩く。歩く。歩く。歩く。歩く。歩く。歩く。歩く。

歩く。歩く。歩く。歩く。歩く。歩く。歩く。歩く。歩く。歩く。歩く。歩く。歩く。歩く。歩く。歩く。歩く。歩く。

歩く。歩く。歩く。歩く。歩く。歩く。歩く。歩く。歩く。歩く。歩く。歩く。歩く。歩く。歩く。歩く。歩く。歩く。

歩く。歩く。歩く。歩く。歩く。歩く。歩く。歩く。歩く。歩く。歩く。歩く。歩く。歩く。歩く。歩く。歩く。歩く。

歩く。歩く。歩く。歩く。歩く。歩く。歩く。歩く。歩く。歩く。歩く。歩く。歩く。歩く。歩く。歩く。歩く。歩く。

歩く。歩く。歩く。歩く。歩く。歩く。歩く。歩く。歩く。歩く。歩く。歩く。歩く。歩く。歩く。歩く。歩く。歩く。

歩く。歩く。歩く。歩く。歩く。歩く。歩く。歩く。歩く。歩く。歩く。歩く。歩く。歩く。歩く。歩く。歩く。歩く。


好きなものを求めている人たちがいる。たくさんいる。好きなものを売る人たちがいる。たくさんいる。どんなに壊れているものだって、どんなにいらないものだって商品として価値が与えられている光景が好きだった。この街には不要なものなんてない。全てが必要とされる人の元へと返っていく。そんな空気が心地よかった。


歩く。歩く。歩く。歩く。歩く。歩く。歩く。歩く。歩く。歩く。歩く。歩く。歩く。歩く。歩く。歩く。歩く。歩く。

歩く。歩く。歩く。歩く。歩く。歩く。歩く。歩く。歩く。歩く。歩く。歩く。歩く。歩く。歩く。歩く。歩く。歩く。

歩く。歩く。歩く。歩く。歩く。歩く。歩く。歩く。歩く。歩く。歩く。歩く。歩く。歩く。歩く。歩く。歩く。歩く。

歩く。歩く。歩く。歩く。歩く。歩く。歩く。歩く。
歩く。歩く。歩く。歩く。歩く。歩く。歩く。歩く。
歩く。歩く。歩く。歩く。歩く。歩く。歩く。歩く。
歩く。歩く。歩く。歩く。歩く。歩く。歩く。歩く。
歩く。歩く。歩く。歩く。歩く。歩く。歩く。歩く。
歩く。歩く。歩く。歩く。歩く。歩く。歩く。歩く。
歩く。歩く。歩く。歩く。歩く。歩く。歩く。歩く。
歩く。歩く。歩く。歩く。歩く。歩く。歩く。歩く。
歩く。歩く。歩く。歩く。歩く。歩く。歩く。歩く。
歩く。歩く。歩く。歩く。歩く。歩く。歩く。歩く。
歩く。歩く。歩く。歩く。歩く。歩く。歩く。歩く。
歩く。歩く。歩く。歩く。歩く。歩く。歩く。歩く。
歩く。歩く。歩く。歩く。歩く。歩く。歩く。歩く。
歩く。歩く。歩く。歩く。歩く。歩く。歩く。歩く。
歩く。歩く。歩く。歩く。歩く。歩く。歩く。歩く。
歩く。歩く。歩く。歩く。歩く。歩く。歩く。歩く。
歩く。歩く。歩く。歩く。歩く。歩く。歩く。歩く。

いつも途中でたどり着くのは秋葉原を少しだけ外れた場所にある、元小学校を改装した施設の広くてきれいな喫煙所。平日。午後。誰もいないその場所で1本だけ煙草を吸いながら考える。次はあの道を歩こうか。あの店を見てみようか。何の目的もないはずなのに。やることはたくさんあった。外に出る。古い商店の前にある自販機で飲み物を買う。いつも思う。自販機を使う。その街に溶け込んだ気がする。ペットボトルが落ちてくる音が路地に響く。それだけで街の人になった気がする。

歩く。歩く。歩く。歩く。歩く。歩く。歩く。歩く。
歩く。歩く。歩く。歩く。歩く。歩く。歩く。歩く。
歩く。歩く。歩く。歩く。歩く。歩く。歩く。歩く。
歩く。歩く。歩く。歩く。歩く。歩く。歩く。歩く。
歩く。歩く。歩く。歩く。歩く。歩く。歩く。歩く。
歩く。歩く。歩く。歩く。歩く。歩く。歩く。歩く。
歩く。歩く。歩く。歩く。歩く。歩く。歩く。歩く。
歩く。歩く。歩く。歩く。歩く。歩く。歩く。歩く。
歩く。歩く。歩く。歩く。歩く。歩く。歩く。歩く。
歩く。歩く。歩く。歩く。歩く。歩く。歩く。歩く。
歩く。歩く。歩く。歩く。歩く。歩く。歩く。歩く。
歩く。歩く。歩く。歩く。歩く。歩く。歩く。歩く。
歩く。歩く。歩く。歩く。歩く。歩く。歩く。歩く。
歩く。歩く。歩く。歩く。歩く。歩く。歩く。歩く。
歩く。歩く。歩く。歩く。歩く。歩く。歩く。歩く。
歩く。歩く。歩く。歩く。歩く。歩く。歩く。歩く。
歩く。歩く。歩く。歩く。歩く。歩く。歩く。歩く。

秋葉原に行けばいい。それを信じていた。信じるしかなかったのかもしれない。

それでも、どうしたって、どうにもできない自分が、この街に包まれている気がしていたのだ。

ここは。ここだけは。いてもいい街だった。

何もない日のインターネット

起きる。起きる意味なんてない。起きることに飽きた。寝るために起きるだけ。起きるために寝るだけ。知ってる天井。知りすぎた天井。木目。枕の匂い。毛布の匂い。部屋の匂い。閉鎖的な匂い。アラームなんてしばらくかけていない。時間。時間がある。時間がありすぎるほどに。ある。スマホ。枕元のスマホ。メガネがないから近くで見る。画面に吸い込まれる。画面と一体化する。画面が網膜に焼き付く。時計。14時。何をするとか何ができるとか考えない。考えられない。何もないから。何もできないから。起き上がる。静かな午後の部屋。着古したトレーナー。着替えなくていい。明日、なに着て生きていく。これ。明日も明後日もこれ。

スマホの画面に目線を落としたまま部屋を出る。誰もいない真っ暗な家。床と壁と天井に囲まれた家。床に足を支えられている。壁に守られている。天井に可能性を押しつぶされている。台所。食べるものを探す。お腹が空くことが腹立たしい。立つような腹もない。冷凍庫にあった冷凍春巻きを2つほど電子レンジに入れる。オレンジの光。低く唸る変圧器の音。子供の頃から電子レンジで何かを温めるとき、回っている食べ物をずっと見ていた。ぐるぐると回る春巻き。見つめる。回る春巻きが奥に行って遠くなり、こちらに向かって戻ってくる。寄せては返す波のように。袋に書いてある調理時間よりも10秒長くチンすると丁度いいパリパリ具合になることを知っていた。二十数年生きてきて学んだこと。そのくらいしかない。悲しい。悲しさにやられそうになる前に完成の電子音が流れる。熱々の春巻きを持って部屋に戻る。

パソコンを起動させる。起動までの待ち時間に春巻きをそそくさと平らげる。これから朝までインターネットをする。始まる。また。始まる。ブラウザを立ち上げてブックマークからお気に入りの個人ニュースサイトを巡る。世間と何一つ繋がってない自分が。隔絶されつつある自分が。世間のことを知ろうとする。沈みたくない。まだ足は底に着いていない。知らない芸能人が結婚した。新発売のお菓子の味。新しくできる飲食店。あのアーティストの新譜が出るらしい。なんでもいいから知りたかった。意味のないことでも知りたい。知りたい。情報を細胞にしてなんとか皮膚を作っていた。人間を保っていられた。まるで造花を育てているような行為だとしても。

ニュースサイトを巡回し終えると、次にグルメブログを巡る。食べになんて行けないのに。なぜだかグルメブログを見てしまう。特にお気に入りなのは、偶然見つけた野球ファンの夫婦が近所のお店に行ったことを書いているブログだ。毎日のように更新されるそのブログには、その日行われた野球の試合のことと訪れたお店の感想が記されていた。野球にはまったく興味がないのになぜだか毎日そのブログを読んでいた。知らない人の知らない生活。知らない日常。知らない食事。それが今の僕にとってとても大事なものに感じた。ある日のブログに「今日は負けてしまったけど次は絶対に勝つと信じている」という一文が書いてあった。間抜けな顔でカップラーメンを食べながらそれを見ていた。ありきたりな言葉かもしれない。使い古された表現かもしれない。でもその純粋で気取らない文章に感動してしまった。何もない自分。信じることすら諦めていた自分。だからこそ。

夜になる。一日一回しか更新されないことを知っているのに。同じニュースサイトを見る。巡回。巡回。本当は知りたいことなんて一つもないのに。意味のない大量のニュース。食べに行けない料理の情報。一生たどり着けないまとめサイトのまとめサイトのまとめサイトのまとめサイトのまとめサイトのリンク。外に出なくてもいいのに明日の天気。ブックマークを上から下に。下から上に。気がつけば。朝ってすぐだから。

マウスのクリックだけが生活音だった。

キャンディを消す

何も考えなくていいということがとても幸せだった。考えたくなかった。考えたところで何も解決なんてしない。空っぽの頭。思考。無意味な感傷。どうせ寝て起きるだけ。それだけ。ふと始めてみたパズルゲーム。キャンディクラッシュソーダ。画面上のマスに配置されたキャンディを3つ以上並べて消すルール。ルールなんてない僕の生活。起きてから寝るまでひたすらに。数十分。数時間。夜。朝。昼。夜。失敗するとライフが減ってしまう。広告を見ることによって復活ができる。くだらないアプリの広告をくだらない人間が見る。消しづらいマーク。強制的に飛ばされるアプリのダウンロード画面。それでもいい。なんだっていい。キャンディが消えるあの瞬間の快楽を。連鎖して消えたときの快楽を。クリアしたときの快楽を。快楽をください。

キャンディを消し続けて数ヶ月が経った。頭の中を無にしてやり続ける。何も考えなくていいのに得られる達成感。キャンディを消しているときだけ、この世界から抜け出しているような気がしていた。画面の中のカラフルでポップな世界で生きていた。それは生活だった。それが生活だった。クリアしても無限に増えていくステージ。終わらないことへの安心感。このまま一生遊び続けられる安心感。永遠のキャンディ消し作業に残りの人生を捧げよう。ああ神様。私の天職はこれだったのですね。これに出会うために生きてきたのですね。やっと自分が生まれてきた理由がわかりました。このまま一生キャンディを消させてください。お願いします。

キャンディを消し続けて1年以上が経った。だんだんと難しくなるステージ。課金ができないから一つのステージをクリアするのにも数日かかることもあった。それでもひたすらに消し続けた。右に左に指を動かす。上に下に指を動かす。動かして。動かして。消える。連鎖する。特殊アイテム。爆発する。全ての動きが脳裏に焼き付いていた。目をつぶればキャンディが浮かぶ。ご飯を食べることすら忘れていた。おかしくなっていた。確実に。いったいいくつのキャンディを消したのだろうか。何の役にも立たない。消せ。消せ。消せ。消せ。

ベッドで横になりながら朝までキャンディを消していたときだった。窓の外から聞こえてくる子供の声で我に返った。もう登校の時間だろうか。窓の外を見る。眩しい。そこにキャンディを消すためのファンシーでポップな世界はなかった。冬の澄んだ空気があった。遠い青空があった。楽しそうに友達と喋る小学生たちがいた。それを無言で眺める。虚しい。悲しい。キャンディを消し続けた1年が。コンティニューのために仕方なく観続けた広告が。ただ時間を消費して。窓に薄っすらと反射した喋れない自分の顔。ガラスの外の世界が恋しくなった。きっかけなんてこんな些細なものでいい。やめようと思った。

今も僕のスマホのなかにはキャンディクラッシュソーダのアプリが石碑のように

佇んでいる。あの頃を思い出せるように。あの1年を忘れないために。そしてたまにプレイしては怖くなってやめる。いつかまた本気でやる日が来たら。もう戻れないかもしれない。そんな日が来ませんように。

光らせて、変わって

ある日。暇だった。ある日というか毎日。やることがない。就職以外で。ベッドの上。横。一生縦になれない。同じ形。同じ空気。同じ。同じ。同じ。何曜日なのかもわからない。頭がおかしくなりそうだった。変えなければ。変えなければ変わらない。とりあえず家を出て歩く。近所の家で育てている植物が前よりも背を伸ばしていた。ピンと伸ばしていた。猫背で丸まった身体で通り過ぎる。

ローソンでからあげクンを買う。歩きながら食べる。歩くだけだって遠くに行ける。行けるけどどこにも行けない。家の近くをただ歩く。景色。曲がったら何があるかを知っている。次の路地に何があるのかを知っている。屋根の高さ。看板の角度。停まってる車の色。全て知っている。何も感じない。帰る。

同じ部屋に戻る。からあげクンのパッケージをゴミ箱に捨てようとした。その瞬間だった。パッケージに描かれたニワトリのキャラクターを見て、ふと「目を光らせよう」と思った。思ったのだから仕方ない。偶然にも部屋にはLEDと電池があった。すぐに目に穴を開けてLEDを差し込む。厚さのあるパッケージは電池ボックスを入れるのにもちょうどよかった。数分後、目を赤く光らせたからあげクンが完成した。まったく意味のないものだけど、出来た瞬間にとてもワクワクしたことを覚えている。とんでもないものを生み出してしまったかもしれないと怖くなったことも覚えている。僕にとっては人類が初めて火を使ったときくらいの大きな出来事だった。本当に。本当に。そのくらい毎日何もなかった。

さっそく写真を撮り、Twitterにアップした。反応は上々だった。数日後、光るからあげクンを見た方からDMが来た。名前はズッキーニといった。『ハイエナズクラブ』というウェブメディアを運営しているらしく、記事を書いてほしいという連絡だった。

断る理由なんてなかった。ゼロの人間にとっては全てがプラスだった。ウェブ記事なんて書いたことはなかったが、やるしかなかった。今までブログをやっていたことはあったけど、どれも数ヶ月で閉鎖していた。でもインターネットに自分を出すことに抵抗はない。インターネットと共に生きてきた。不安はなかった。

さっそく記事を作るために動き出す。内容については、からあげクンを光らせるだけではなくモーターをつけて動かすというものにした。動いている場面の写真は部屋ではなく行きつけの土手で撮影をすることにした。土手のどこに人がいないか。何時なら人が少ないか。さんざん通った土手のことなら何でも知っていた。無駄に土手に通った日々も無駄じゃなかった。

今読み返せば非常に拙い記事だった。でも。何かを作る。それを他人に見せる。

それだけでも、部屋と土手だけだった世界が少しだけ広がった。遠くがある。遠くにもある。遠くでもある。ネットは広大だわ。って。本当にそう思う。

あの日。頭がおかしくなりそうになって光らせたからあげクンの目。全てはそこからだった。変わった。変わってしまった。正解に飛び込めたのかは知らない。でも。今ここで。これを書いているってことは。たぶん。正解。おめでとう。

変えられない

30歳。会社員になった。働いた。今も働いている。右も左も上も下も毎日乗る電車のつらさもわからない状態だったのに。インターネットに記事を書いていたら就職できた。暇だからという理由でちゃんと〆切を守り続けていたら就職できた。暇も悪いものではない。土手とコンビニじゃない場所に毎日行ける。行ける。起きられる。朝。寝られる。夜。

名刺を手に入れた。インターネットだった自分が紙に印刷された。自分を他人に渡せるようになった。机と椅子とパソコンを手に入れた。家じゃないのに座っててもいい。家じゃないのに涼しい。家じゃないのにインターネットをしててもいい。ウォーターサーバーで冷たい水をいつでも飲めるようになった。水うまい。

社会人になったら変わるのかと思ってたけど、そんなに変わらなかった。社会人になっても変わらないのかと思ってたけど、少しだけ変わった。

消費するだけの時間がもったいなくなった。やることがあるという事実だけで時間が突如として自分の残機みたいなものになって使い方を工夫するようにした。毎日寝て少しでも進めようとしていた時間。ああもったいない。こんなにも時間が大切なものだとは思わなかった。気を緩めたら一瞬で夜になる。瞬きをしたら朝になる。しかもそれが歳を重ねるごとに加速していくのだから困った。寝ていただけの1年も。忙しく過ごした1年も。1年だ。大して変わらない。かもしれない。どうしようもない。逆らえない。止めてくれ。止めて。時間を。人生を。止めないで。流れ続けて。終わりまで。連れてって。

想像していた社会人って別に特別な人じゃなかった。仕事で色々な人に会うようになって思った。そう思えたのは留年を繰り返したからかもしれない。レールから外れるとレールを遠くから見ることができる。留年は人を強くする。だから思う。人。人。すごそうに見えても人。それ以上でも以下でもない。人だ。そこに違いはない。そう思っていたら全員がかわいく見えた。自分が上でも下でもない。みんな人だった。それだけだった。みんなも思ってほしい。楽になってほしい。全員。他人で。全員。人です。

漢字が書けなくても意外といける。僕は子供の頃から漢字を書くのが苦手だった。それは自分の名前や自分の家の住所ですら。たまに間違える。恥ずかしい。特に人に見られている状態だとなおさらだ。区役所などで急に「ここに名前と住所を書いてください」なんて言われたら、頭の中が急に真っ白になる。恥ずかしい。そんな経験があるから会社で行われる会議ではいつもホワイトボードから一番遠い席に座った。ペンから物理的に距離を取る。でもそれで何とかなった。基本的にパソコンで全てが完結する会社で本当によかった。

仕事終わりのビールが美味しいっていうのはよくわからなかった。だっていつ飲んだって美味しいから。仕事柄、勤務時間中にお酒を飲むことがある。どんな仕事だ。そういうときのほうが美味しい。時代はもう仕事終わりの一杯じゃない。勤務中の一杯にこそ幸せがある。

想像すらしていなかった。自分が仕事をしている姿を。想像すらしていなかった。自分が取引先に出向いて会議をしている姿を。想像すらしていなかった。自分が知らない人からかかってきた電話に出ている姿を。想像すらしていなかった。こんなにも漢字が書けないんだってことを。

働いて失ったもの。ない。
働いて得たもの。ない。
何も変わっていない。たぶん。そう願っている。

深い森から抜け出すように

interlude

深夜1時：インターネットをしていると時間なんて嘘だって思えてくる

ちいかわを初めて認識したのがいつだったのか覚えていない。Twitter（現X）←これ書くの面倒くさすぎませんか。とにかくTwitterで流れてきたのを偶然見たとかだった気がする。そのときはまだ短編というか、ちゃんとしたストーリーではなく文字通り「なんか小さくてかわいいやつ」になって生きたいというナガノさんの願望がそのまま描かれたような作風だった。そのときの僕は仕事がけっこう忙しかったこともあり、自由に泣いて自由に笑って自由に寝るちいかわに一種のトキメキみたいなものを覚えた。

また、オンライン上の自分とオフラインの自分について悩み始めた時期でもあった気がする。インターネットに顔を出すという選択をしたのは自分自身だけれども、オンライン上に放流された情報が他人の中に僕というキャラクターを作り出し、自分自身がそのネット上のキャラクターに動かされているような不思議で不気味な感覚に不安を覚えていた。でも不安は覚えることもできれば忘れることもできる。結局のところ毎日健康的に起きたり寝たり食べたりしているのだから僕にとって不安なんて忘れて然るべきものなのかもしれない。

深夜2時：こんな時間に更新されるはずがないニュースサイトを何回も見る

今これを書いているのは自分の部屋で。自分のパソコンの前で。お昼にマクドナルドでダブルチーズバーガーを食べてからお腹がいっぱい。ポテトをLサイズにしちゃうのをやめられない。ご飯大盛り無料は断れるようになってきた。大人になっていく。大人なのに大人になっていくことを止めることができない。見たいものも聴きたいものも知りたいこともたくさんあるのに書きたいことがない。言いたいことがない。そう思っているだけなのは知っている。入れ物みたいな自分がパソコンの前で文字を打っている。でもこの入れ物にはまだまだ余剰がある。

深夜3時：深い森から抜け出すように。静かな海の上で必死に呼吸をするように。ツイートを繰り返す

ちいかわに本格的にハマるようになったきっかけは明確に覚えている。2020年10月に公開された草むしり検定編においてハチワレが一人だけ検定に合格してしまい、家で一人横になりながら「同じ気持ちじゃないとき……どうしたらいいんだろ…」と呟くシーンを見た瞬間だった。かわいいからという理由だけで読んでいたのに、当時住んでいた部屋のベランダで煙草を吸いながら涙を流していた。いや、正確に言うと涙が溢れ出ていた。大げさに言うなら涙で渋谷川が氾濫した。

それまでは嬉しいときは一緒に喜び、悲しいときは一緒に悲しみ、一緒の気持ちを共有していたちいかわとハチワレが初めて明確な他者として描かれた。それはファンタジーなちいかわたちの世界と、ちいさくてかわいいだけじゃ生きられない僕たちの世界との境界線がぼやけ始めた瞬間だった。

何か少しでも選択肢が違っていたら、僕はちいかわが存在する世界にいたのかも

しれない。

深夜4時：繰り返しのなかにある小さな差異を見つけることは難しい

曇り続けていた2021年。僕は東京駅で開催されたポップアップショップ「東京ちいかわステーション」の整理列に並んでいた。前日に妻と些細な喧嘩をして、謝りたい気持ちを抱えたまま朝から何も言えずに家を出たことを後悔しながら列に並んでいた。自分の番が来てもどこかうわの空で、素直に謝れない人間が素直に謝れるハチワレのグッズをカゴに入れていく。どこにでも行ける東京駅でどこにも行けないままの情けない僕が。そのときに買ったちいかわのアクリルキーホルダーを妻はいまだに家の鍵につけてくれている。

（一緒にちいかわソーセージを探しに隣の区まで自転車で一時間以上走り続けたときにはさすがに呆れられたのだけれど）

朝5時：Amazonのダンボールが積み重ねられた部屋で

ちいかわのアニメが始まってから1年以上が経っている。深夜アニメ全盛期の頃、5分アニメ枠が当たり前になった。でもちいかわのアニメは1分しかない。瞬きをした瞬間に終わる儚い物語。限られた時間の中でここまで心を豊かなものにしてくれるアニメなんて他にないんじゃないかと思うくらい毎週のように感動している自分がいる。漫画では表現しづらかった動きや表情。よくキャラクターに命を吹き込むみたいに言うけど、アニメで動くちいかわたちには命なんてものじゃ言い表せない魅力があると思う。生命の最小単位である細胞よりもミクロな、決して測ることのできない、決して知ることのできない光。その光のなかで僕たちは輝きを纏う。一分間。たった一分間で。ここではないどこかへと導かれ、アニメが終わる合図である車のプップーで我に返り玄関を開け仕事へと出かけていく。ちいかわが終わって、今日が始まる。

朝6時：深夜のファミレス。ボックスシートでする秘密の会話みたいに

結局のところ、ちいかわによってここ数年の僕は作られているのかもしれない。楽しいときはちいかわのように喜び、つらいときはハチワレを思い出して強くなる

と願い、どうしようもないときはうさぎのように己を貫く。くりまんじゅうのように酒を飲み、モモンガのようにわがままなことを言う。シーサーのように人に優しくして、ラッコのように責任感を持つ。
これは別に現実逃避をしているわけではない。かわいいものに癒やしを求めて泥臭い現実を見ないようにしているわけでもない。ちいかわに現実を見ているだけなのだと思う。労働と報酬、そしてキメラを恐れ、いつか自分たちもキメラになってしまうのではないかと怯える。僕たちの生活と何ら変わらないちいかわの世界がこちら側に侵食することは、何も不思議なことではない。生きること、そのものがちいかわなのだから――

朝7時：私たちは思い出してしまう

――起きている。起きた瞬間の記憶だけを集めたい。ベッドで横になったままスマホを見る。寝てる間に起きた出来事を全部知りたい。置いていかれたくない。知らないままでいたくない。強迫観念みたいに全部見る。全部。全部。同じなのに。良いことも悪いことも全て――

当たり前のようにちいかわだっていつか終わる。終わるのだ。でもその瞬間が訪れたとき、不思議と悲しくならないと思う。ちいかわは心の隙間にガチッとはめ込まれるものではない。少しずつ。少しずつ僕たちの体に染み込んでいくものだから。

気づいたときには、こんなになっちゃってる。

——寝る前。寝る瞬間の記憶だけを集めたい。ベッドで横になったままスマホを見る。寝る前に起きた出来事を全部知りたい。置いていかれたくない。知らないままでいたくない。強迫観念みたいに全部見る。全部。全部。同じなのに。良いことも悪いことも全て——

ハチワレは「なんとかなれーッ」って言うけどこっちはなんとかならないことばかりだよ。

少しだけ思い出す／食べること

2

夜にする

無職の才能があった。

何もしなくても自分でいられた。ずっと部屋にいることも。ずっと外にいることもできた。スマホの画面だけを見つめ続けた。パソコンの画面を眺め続けた。同じことができた。同じでもよかった。1時間なんてどうでもよかった。1日なんてゴミみたいだと思っていた。1年なんて通り雨のように簡単に過ぎてしまえと考えていた。今日と明日の違いはない。だから無敵だった。自分がいるのに自分がいない。遠くから見ていた。おはようからおやすみまで。細胞から指先まで。歪んだ時間の狭間が圧縮されて固まり続ける。ギシギシと音を立てながら。全てが起こる可能性がある。全てが起こらない可能性がある。同じ場所で。寝る。起きている。点でしかない。小さな点。繋がることのない。でも消えることはない。

何もできなくても自分でいられた。クリックとスクロールとタイピング。また夏がくる。意味のない食事。意味のないインターネット。意味のない排泄。意味のない言葉。意味のない眠気。虚しくならない。僕はこの世界に向いているのかもしれない。ゴミ収集車の音がする。拾ってほしい。運んでほしい。燃やしてほしい。たまに思う。数秒だけ思う。タイムラインが流れる。そうなれば忘れる。タイムラインを流す。自分以外に人間なんていない。この部屋以外に場所なんてない。現実って認識の上にしかない。チャットの文字が意味を求めてくる。文字なのに。腐りそうで腐らない。緩やかに死んでいく。緩やかに生きてるのに。

恵まれていた。でも。

朝なんて寝れば簡単に夜にできる。

箱

大人になりなさいと言われたけれど。大人の自分がどうやって大人になればいいのか考えた。すぐに寝ていた。がんばって伸ばした足で。つま先は壁をひっかく。

一つの孤独として例えられる歯車の気持ちを誰も知らない。歯車にもなれない人の気持ちはどこにもない。考えるのが先かキーボードを打つ指先の動きが先か。わからない。

重力が少しだけ大きい部屋ではベッドが主戦場となる。帰ってるのに帰っていないみたいになって不思議。
それでも部屋に自分が満ちていくのは嫌な気持ちだから。外に出ることは簡単だった。得意だった。

明るくなったら寝ましょう。暗くなったら起きましょう。そうは教えられてないのに。できるようになっていた。偉い。元から自由なはずなのに、夜の間だけは自由な気がしていた。みんな寝てるから。寝てるときぐらいだけは他人を許してほしいから。

誰もやっていないことがもうないから。仕方がない。誰も使っていない言葉がもうないから。仕方がない。全部。再放送みたいに同じことを繰り返す。同じ言葉を繰り返す。始めから自分が思うことなんて一つもなかった。誰かみたいに。何かみたいに。やる気はもう弾けて飛んでいってしまった。何ができても納税が必要です。

もうそろそろ。もうそろそろだけど。窓を開けても空気が入れ替わるだけということを知っていた。何もできないことができる。ただそれだけだった。

寝る前に。よく考えなくちゃいけないことも考えなくてもいいことも、全てを箱にしまうイメージをする。僕はその箱がとても大きかった。何でもしまった。二度と取り出せないぐらい奥深くに。だから生きていた。

１００円のもんじゃ

小学生。下町。通っていた店。草木が生い茂る一軒家。錆びた自転車。色褪せたアーケードゲーム。抜かれたコンセント。ボロボロの引き戸。煙草の煙と焼けたソースの香り。そこでは１００円でもんじゃを食べることができた。店の名前は誰も知らない。聞いたこともない。みんなは「１００円もんじゃ」と呼んでいた。だから僕も呼んだ。

駄菓子コーナーでトッピングにする10円のラーメン屋さん太郎を持っておばちゃんに１１０円を渡す。受け取るのは薄汚れたホーローのマグカップ。そこにもんじゃの生地と気持ちばかりのキャベツが入っている。本当に気持ち。優しさを形にした量。熱々の鉄板に流し込む。音を立てて焼けていく。慌ててはいけない。おこげを作って。そのときを待つ。熱々のもんじゃ。100円で食べられるごちそう。

店の奥には座敷になった場所があった。一度入ろうとしたら「そこは入場料がかかるから小学生はこっちね」とおばちゃんに言われた。座敷ではいわゆる不良と呼ばれるような中高生たちがもんじゃを食べていた。いつも少し怖かった大人。僕たちがトッピングで買っていた駄菓子をたくさんテーブルに置いて。ソーダの缶も。大人。ただただ大人。自分もあっという間になってしまった大人。何億光年も離れてるように感じた。

おばちゃんには「不良にはあまり近づいちゃだめよ」と言われていた。たしかに髪も金髪だった。声は大きかった。学ランもなんか大きかった。街中で声をかけられた日には終わりを感じるだろう。下町の不良。怖い。

でも僕は。それでも僕は。店の中で一度も不良を怖いと思ったことはなかった。みんなたくさん笑っていたから。美味しそうに100円のもんじゃ焼きを食べて笑っていたから。

美味しい食べ物を前にしたとき。僕はこの世のすべての人がこれを食べられたらいいのにと思う。同じ味をみんなで共有したいと思う。シェアボタンを押したい。光の線が広がるように全ての人に美味しい食べ物が降り注いでほしい。

小さなメガネの僕。いかつい不良たち。みんな鉄板を囲む。そこでは全てが一つのようだった。交わるようで交わらない関係。ソースの焼ける煙と煙草の煙だけが重なり合う。

ごはんを食べてるときだけは誰もが同じであってほしい。同じじゃなきゃいけない。今でもずっと思っている。思っているよ。

27時の散歩

よし行こうと決めてからまた煙草に火をつける。口の中が苦くなって全部窓の外に息を吐き出す。財布。スマホ。鍵。階段を降りる。古いからきしむ。鳴る。体重があるから。自分が軽いと思うと軽くなる気がするけど。靴をそっと履く。靴下と擦れた布。夜は音が大きいから。遠くの電車の音も聞こえるから。玄関。ゆっくりと開ける。体を通せるだけ。最小限に。鍵をかける。最後のガチャッは仕方なく。アスファルトと靴と砂利のジャリジャリ。少し肌寒い。夏だけは許されている気がする。数分に一度車のヘッドライトが僕を影にしてくれる。街灯を意識して歩いたことがない。知らない誰かの家から漏れる光の先に挨拶をする。こんばんは。まだ起きてるんですね。自分の家から遠ざかるだけで気が大きくなった。知らない人は怖いけど知らない人は安心する。夜にだけ押すボタン。信号を変えるためのボタン。点滅する青。目を細めると綺麗。目をつぶって歩いてみるゲーム。足の裏の感覚だけでどこまで行けるか。少しずつ秒数を伸ばす。6秒までいけた。眩しさで手招きするコンビニ。レジに人がいないと僕は怪しくないですよっていう動きをしてしまう。見られてなくたって何もしませんよって。考えすぎか。考えの煮凝り。一口で食べられるサイズ。言葉がわからないから数字で伝える煙草の番号。コーラ。何歳になってもコーラを開けるときに一瞬だけ緊張する。飲みながら歩くことができる。家の方角は知ってるけど忘れたい。頼むよ。ずっと迷ってるのに。道に迷わないから。家。静かに鍵を開けて。ガチャッ。響く。静かに靴を脱いで。静かに階段を上がって。また同じ匂いでオーケーオーケー。そうだよね。誰にも知られたくない深夜の散歩について。寝る。

湿度と残金

無職でいることは変わらないこと。それが条件だった。同じように毎日を過ごす。やり過ごす。インターネットがなかった時代が想像できない。水うまい。同じように生きるのは難しい。違うことが起きる。違うようになる。違う朝に起きる。天気で変わるから。気持ち。気温で変わるから。心。湿度で。時間で。空気で。曜日で。季節で。残金で。通信量で。何もかもが変わってしまう。

周り。人。顔がある。他人がいる。すれ違う人みんなに名前がある。すれ違う人みんなに親がいる。繋がって別れる。最新のグルメと人が死ぬニュースを同じように見ているから。言葉を誰かに伝えるのは難しい。最後は全員。他人。

どうせだからって買った映画のパンフレット。読み返すことなんてないのに。本よりも薄くて紙よりも厚い。思い出にピンを打つためここに運ばれた。でも本棚に入れたら消えてしまう。たぶんそんな感じでした。

一生花束はもらえないけれど。いつか本になりたい。

ピータンとチャーハン

中学一年生。メガネをやめてコンタクトにした。コンピュータークラブではなく陸上部に入った。わかりやすいデビュー。変わろうとする気持ち。変わりたい思い。でも陸上部は3日で辞めた。疲れるから。わかりやすいデビュー失敗。

陸上部の練習で外を走っていたら校舎から音楽が聞こえた。その音に誘われるように吹奏楽部に入った。などと書けばかっこよく聞こえるかもしれない。違うかもしれない。でも思い出なんてそんなものだと思う。ちょっと良い思い出だって、ちょっと嫌な思い出だって、最大限に誇張されて覚えているものだ。

吹奏楽部では人が少ないという理由でユーフォニアムを吹くことになった。楽譜は読めなかった。3年間楽譜が読めることはなかった。でもユーフォは押すところが3つしかないから何とかなった。気持ちで吹いた。とにかく音楽室が好きだった。特別な防音扉を閉めるときの音。埃っぽくて古い楽器が並ぶ準備室。その薄暗さ。音を出しても怒られない場所。音楽室の隣りにある屋上。から見える景色。特別だった。暇さえあれば音楽室に行った。

顧問の先生。とにかくパワフルな人だった。声量もお腹も大きな人だった。サッカー部と吹奏楽部を兼任していて、外でサッカーをしていたと思ったら、次の瞬間には音楽室で指揮棒を振っていた。優しくて厳しくて。笑っていた。いつも笑っていた。

吹奏楽部は女子が多かった。部は全員で30人ほどいたが、男子は数人しかいなかった。だからかはわからないが男子は可愛がってもらっていたと思う。毎週土曜日。授業は午前まで。少し練習してから帰ろうと思い音楽室に行くと先生は決まって「飯食いに行くぞ」と僕らを誘った。

校舎の裏にある小さな中華料理屋。今はもうない。老夫婦が二人で営むお世辞にもキレイとは言えない店内の。ボロボロになったメニュー表が。油で茶色くなった壁紙で。先生はズカズカと店に入るといつもビールとピータンを頼んで、僕らには好きなものを頼めと言っていた。今思えば先生は午後も仕事があったのではないだろうか？　何も考えず当たり前に頼むビール。格好良かった。たぶん。たぶんこの世界で。そういう風に頼むビールが一番美味しいのだろう。そうなりたい。

僕はそこでいつもチャーハンの大盛りを食べていた。油をギトギトに纏ったお米と玉子と大きい叉焼《チャーシュー》。白とピンクのナルト。ひとつの芸術作品と呼んでもいい。美味しいチャーハン。大盛りにしないのは無礼。本当にそのくらいに。愛。愛かもしれない。子供ながらに知った初めての愛。

先生はいつも肴《さかな》に頼んだピータンを「食べるか？」と言って僕らにくれた。もちろん初めてピータンを食べたのもこの店だ。何かよくわからない黒い半透明の物体。緑がかった黄身。今まで食べたことのない味の襲撃。くさい。にがい。わからない。味を言うことができない。でも飲み込んだときに初めて「あ、美味しいかも」と感じた。大人の食べ物。出会い。それからは先生のピータンを1つもらうのがお決まりになった。先生。今でも僕は中華料理屋を訪れると注文しています。ピータン。食べるたびに思い出しています。あの頃。

ビールを飲み終わる少し前になると先生はラーメンを頼む。僕はいつもこの注文の仕方に憧れていた。一度に注文しないカッコよさ。ラーメンを持ってきてくれるおばちゃんの親指はいつも並々と注がれたスープに浸かっていて、あの指からダシが出てると笑いながら話したこともあった。

そんな先生は僕が中学2年生のときに別の学校へ転勤した。新しく来た顧問の先生はどこか人間味がなかった。練習はしっかりとしていたしコンクールで賞を取ったりもした。でも僕はだんだんと音楽室にいかなくなった。特別な部屋。特別な時間。が特別じゃなくなった。どこかで思い出すピータンの味。平坦な日常。わかっていてもわからない。知っていても知らない。

先日、先生が亡くなった。

お葬式にはたくさんの元生徒が集まっていた。お焼香を終えてお寿司を食べる。違う。何かが違う。そして何かを埋めるために中華料理屋へ行きピータンを食べた。

回　想

ちゃんと傷つくことが苦手だった。ちゃんと。傷つく。それが大事なことだって知っている。心で傷を噛《か》みしめる。自ら傷をギュッと押す。痛みが。深く。重く。広がっていく。自分の力にだって限界があるから押し切ったところで痛みが消える。麻痺していく。表面だけのヒリヒリした痛みでは感じることができないこともある。できることもある。

どこかでヘラヘラしてしまう。自分が思うこと。簡単。なのに。難しい。

気持ちの整理を先延ばしにしてしまう。言いたい言葉が浮かぶのに時間がかかる。靄のような言葉が。時間をかけて少しずつ。少しずつ形を作る。

無職になって3年が過ぎた頃。痛みは完全になくなっていた。誰に何を言われようが。どんなことが起ころうが。働かなければいけない。というたった一つの本当が。まるで嘘。いけないことはない。いけないことって何だ。うん。目が覚めれば。目を閉じて眠りにつけば。それだけでいいのではないか。全て曖昧にして。靄にして。

無職になって3年が過ぎた頃。親からの言葉もあまりなかった。親を安心させる手立てはない。呪文を唱えよう。3回繰り返す。ハローワーク。ハローワーク。ハローワーク。そんな魔法はとっくに効かない。攻撃も回復もしない。自分に問いかけても返事がない。瀕死。

無職になって3年が過ぎた頃。不思議と生活リズムが正しくなっていた。無職としての自覚。無職としての責任。無職なりの意識の高さ。どんなビルよりも。どんなタワーよりも。どんな山よりも高い。何もしないことへのプロ意識。一生懸命に。何もしない。一生懸命に。

留年をしたとき。ちゃんと傷つけばよかった。一社だけ受けた会社の面接でお祈りメールを読んだ夕方。ちゃんと傷つけばよかった。何もない状態で大学を卒業して迎えた初めての朝。ちゃんと傷つけばよかった。友達に将来を心配された居酒屋。ちゃんと傷つけばよかった。ハローワークに行ったふりをして街を歩いた夏。ちゃんと傷つけばよかった。

重たい身体はもう傷つき方すら覚えていなくて。全部が通り抜けて。ふわっと。でも。僕はいろはすのペットボトルよりは強いと思う。

食べなかった

食べなかったときがある。食べることへの申し訳なさ。無駄にした時間への謝罪。時間があると食べることの意味すら考え出す。食べなくてもいい。急に思ってしまった。急に変わってしまった。興味もあった。時間もあった。水だけを飲んで生きてみることにした。

大きなコップに水を入れて少しずつ飲む。何も変わらない。横になる。何も変わらない。食事のことを考えなくていいというのは楽だ。水だけを飲めばいい。蛇口を捻ればいとも簡単に水が出る。それを飲む。食事だとそうはいかない。何を食べるか。調理に何を使うのか。火が入っているのか。様々なことを思考する必要がある。でも水は違う。水は口に入れて飲み込めばいい。水うまい。寝る。

次の昼。起きる。寝るしかない。横。横。横の連続。横の生命体。縦にはならない。ベッドの上で考える。この部屋の外の空間について。見えないならないのと同じなのに考える。進んでいる。この部屋以外だけが進んでいる。この部屋には朝も夜も夕方もない。ベッドの上で思う。自分以外の他人のことについて。街ですれ違う人すべてに名前と年齢と人生があるのが怖い。この身体に違う考えの心が入ったら何もできない何もしていない自分じゃなくなるのだろうか。今はただ重い。この身体が。寝るしかない身体。目を閉じて昼を夜にする。そのまま朝にもできる。

起きる。横のままで。何時間過ぎたのかわからない。まず水を飲む。飽きてきた水に氷を入れたら違った味わいになった。氷水うまい。新しい飲み物みたい。楽しい。悲しい。力が出ない気がする。本当に出ないのかはわからない。無職には力を入れる出来事がない。天井を見つめる。食べたい。思った。食べたい。食べたい。

食べたい。今日で水だけの生活をやめる。今の自分には生活という言葉も似合わない。次の日に何を食べるかを考える。なけなしのお金でお肉を買おうか。味の濃いジャンクフードを食べようか。頭が食に支配される。自分で始めたことはいえ、3日ぶりの食事に失敗は許されない。

深夜。水を汲みに台所に行く。冷蔵庫を開けてみる。開けた瞬間。冷蔵庫の光がいつもの100000000倍輝いて見えた。気がついたら食べていた。きゅうりのお漬物。しょうもな。

チャパティと具のないカレー（野菜を作るということ）

たまに実家から送られてくる仕送り。隙間を埋めるための乾麺。使わないふりかけ。開けた瞬間に溢れ出る親の期待。高くない授業料を無駄にしながらインターネットに一生懸命だった。

そんなときによく作っていたのがチャパティと具のないカレーだった。チャパティはふっくらしてないナンみたいなもので、インド文化に精通している友人が作り方を教えてくれた。スーパーで強力粉を買い、塩を入れ、水と少しずつ混ぜる。塊になったらしばらく発酵させ、平らに伸ばしフライパンで焼く。最後にガスコン口の直火に当てるとプクーッと膨れるのがかわいい。それを仕送りで送られてきたカレールーをお湯に入れたものにつけて食べる。具を入れないカレーは味気なかった。ふと遠目にみた自分の生活のように。

ある日、チャパティの作り方を教えてくれた友人が「野菜を作ろう」と言い出した。僕の通っていた大学は山奥にあり、建物の外側は自然に溢れていた。授業もろくに出ず時間だけあった僕は二つ返事で快諾し、近所のホームセンターに肥料や野菜の種を買いに行った。あまりにたくさん買ったのでホームセンターで軽トラを借りた。荷物を押さえるために初めて軽トラの荷台に乗った。快晴。空。午後。日差し。青。水色。緑。風。わけもわからず笑った。主人公になった気分だった。

それから大学の駐車場の端にある何にも使われていない場所を見つけて土を耕して肥料を混ぜ、小さな畑を作った。時間だけはある僕は毎日畑に行っては様子を見ながら水をあげた。インターネットで調べた知識を元に。

数カ月後、畑に向かうと大学の用務員さんが急に話しかけてきた。完全に怒られると思った。終わりだ。大学で野菜を育てていることで退学になったらどうすればいいのか。親になんて言おう。そんなことを考えた。

しかし「あれは君たちの畑？　僕も野菜を育てるのが趣味でさ。たまに水が足りてないときはあげてるよ。あとトマトは……」と用務員さんは怒ることもなく楽しそうに野菜づくりのアドバイスをくれた。畑は人間を一つにする。

それからしばらくして、僕たちと用務員さんの畑には立派なきゅうりとトマトとじゃがいもが実っていた。採れたてのトマトを洗ってかじる。味。味。味。どこにも売ってない自分だけの味。パソコンばかりしていた僕が育てたトマトの味。

情報系の学部でプログラミングをせずに得たもの。畑の耕し方。トマトの作り方。

それからしばらくは具のないカレーにじゃがいもが浮かんでいた。

Skip

眠る。薄める。時間を。自分を。世界を。そうやってやり過ごすことを覚えた。寝なきゃいけないと思って寝なくていい。眠るときに眠る。それができた。それが好きだった。誰にも邪魔されることのない。完璧な。完全な。起きた先に待ってる人はいない。待つための方法は持ち合わせてない。朝。横になる。世界が縦になる。その角度が心地いい。光があるのに夜にする。瞼《まぶた》の裏には何も映らない。頭の中は澄み渡る空。今日を思い出すこともない。思い出す今日がない。誰の顔も。誰の声も。どんな景色も。アラームは鳴らない。部屋が滲んでいく。境界線がなくなる。沈む。沈む。沈む。明日を求める人にだけ明日はくる。時間を求める人にだけ時間がある。何一つ動かないから。何一つ喋らないから。何一つ思わないから。進んでほしい。時間が進んでほしい。時間はいらない。進めて。進めて。全部が終わるくらいに進めて。視力がなくなるほどに。そうすれば全部肯定できる。起きたら夜かもしれない。起きたら昼かもしれない。起きたらまた朝かもしれない。全部。全部ね。霞んだ夢かもしれない。

早送り　⏭

回想 2

昔の自分がいる。記憶の中にだけ。頭の中で思い出すときだけ。それ以外は全部。全部。今の自分です。頭の中にいる昔の自分は。時間も場所も表情も全て自由です。

記憶の中に住んでいる無職の自分は、こちらに笑いかけてくるときもあれば、一人でベッドに寝ているときもある。いや、ほとんどの記憶がベッドで寝ている。見えるのは天井。壁。スマホ。この本には、覚えている過去の出来事や、過去に思ったことをできるだけそのまま書いているが、もちろん曖昧な部分だってある。

よく深夜に散歩するときに通っていた家の近くにあるローソン。そのローソンは狭くて広くて明るくて暗くて何でも売っていて何も売っていなくて。優しい店員がいて無愛想な店員がいて最新のJ－POPが流れていて耳を劈《つんざ》くようなノイズが流れている。どれでもあってどれでもない。ぜんぶ本当でぜんぶ嘘なのかもしれない。ただ、確かに覚えている。入口を入り右側にあるＡＴＭで何度も確認した貯金残高のこと。何度確認しても数百円しか入ってなかった。コンビニだと小銭が下ろせなくて。夏。確かに覚えている。親からのお叱り。仲間からの励まし。いつまで続けるのかわからない。お金がないのに買ったコカコーラ。店の前で飲む。炭酸のシュワシュワ。爽やかになんてなれないような状況と判断。たまに通る大きなトラックのわがままで揺れる地面と揺るがない心。確かに覚えている。

何回も通った土手。あのとき座ったベンチには今も誰かが座っているのだろうか。よく夏のことばかり思い出す。――あの土手は夏でした。たぶん夏でした。冬にだって通っていたのに。思い出せないのです。体が大きく傾いてしまうほどの急な坂を。自転車を押してかけ上がる。そうすると目の前には大きな大きな川が見えました。汗で前も未来も見えないのに。短パンでサンダルでリュックを背負っていた自分は。水色と道の広さと生い茂る草の背を思い出せません。土手で眺めたTwitterのタイムラインは思い出せるのに。あの土手に冬は来ない。かわいそう。でも、そういうものなのかなとも思います。結局。人生は結局でしかない。思い出して初めて。そうなる。――

自転車で巡ったブックオフ。いらっしゃいませのディレイが響く店内。いつも漫画コーナーで立ち読みをしているおじさん。の横にいつもいる僕。こうなるものかなんて思っていた。思わないといけなかった。カッコつけて読んでいた純文学。僕の勝手な時間を潰すためだけに読んでしまった作品に謝りたい。100円で買えるのに買えなかったことは今でもずっと悔しいです。

よく考えても。よく考えなくても。頭の中で都合のいい自分が。遠くで都合よく生き残っているだけでした。遠くで何か聞こえない言葉を言っているだけでした。過去の自分なんて一つも確かじゃない。でも思い出せる。思い出せてしまう。

最後にも思い出すのだろうか。あの頃を。無職で土手でブックオフで。

ぎっしりのり弁

相変わらずお金がない。お金がないのに学食で一番安いカレーを食べるのも気が引けた。さらにグループワークが強制される授業に途中から行かなくなったため、そのメンバーに学食で会うのが気まずかった。そんなことばっかり。なんでこうなるのか。自分ではわかっているのにわかっていないふりをしていた。

だから僕は校舎の一番端っこにある人のいないベンチで毎日のように手作りのり弁を食べていた。

まずは前日の夜。炊飯器でお米を５合炊く。お米は仕送りで親が送ってくれていた。炊きあがったお米をまず夜ご飯として２合食べる。具のないカレーで。そして翌日、残りの３合の一部を大きなタッパーに詰め、食べやすさを重視するため細かくちぎった海苔を醤油につけて真っ白なご飯のキャンバスに貼り付けていく。１枚の海苔をそのまま乗せると箸でなかなか切れない。

それを繰り返し、３段のミルフィーユ状にしていく。これで上の方のご飯を食べても醤油と海苔の味を楽しむことができる。おかずなんていらない。米。海苔。醤油。この３つだけあればいい。

食べる時間にもこだわっていた。朝に詰めたのり弁が一番美味しくなる時間。それは昼前。２限の授業が行われている時間だった。お米の水分を吸った海苔が柔らかくなり、逆に醤油がお米に浸っていく。そのベストな時間に一人でのり弁を食べる。とても贅沢な時間。だって。のり弁のために２限をサボっている。なんて贅沢な時間なのだろう。どんな講義でも教えてくれない一人だけの。

誰も居ない静かなベンチ。ゆっくりと流れる時間。世界に僕とのり弁だけがいた。たしかにそこにいた。ゆっくりとのり弁を味わう。少し冷めたご飯はどんな決断よりも重い質量で。将来なんてどうでもよかった。何も考えていなかった。考えられなかった。大きなタッパーにぎっしりと詰められたのり弁だけが全てだった。それだけだったから。

12号館の4階の一番奥にあるベンチ。あそこには今も僕と大きなのり弁の思い出が良くないシミのように、びっしりとこびりついて剥がれない。

シミ

無職期間が長すぎて自分のお金で買った缶ビールなのに、親の前を通るときに
ちょっと隠してしまう。

ただ、家族

父の運転があまり好きではなかった。勢いよくかけるブレーキが。急な加速が。迷いのないハンドルさばきが。

父のタバコがあまり好きではなかった。美味しいご飯の記憶をすべて消してしまうあの臭いが。玄関から居間まで漂ってくる煙が。

父がよく喋るときは決まって酔っ払っているときだ。何度も何度も同じ話をする。リピート。繰り返し。子供の頃はそれが嫌だった。仕事の話ばかりで。趣味のことは読書以外あまり知らない。

そんな父が大学に行かせるまで育てた息子が晴れて無職になった。晴れてなんかはいない。雨。それも数メートル先も見えないような土砂降りで。無職になった。おめでとうございます。ごめんなさい。申し訳ありません。がんばります。

最初の頃は軽めの父からの「大丈夫なのか」もだんだんと重みを増していった。僕はなるべく顔を合わせることがないように生活をしていた。でも。どんだけ逃げたって同じ家に住んでいる。同じ空気を吸っている。同じお風呂に浸かっている。心配。心配。心配。心配。わかる。わかる。わかる。わかる。心配された分だけわかると思った。でもどうしようもなかった。心配されるに値する心がなかった。心配はわかってもどうすればいいのかはわからなかった。何一つ言い返せずに。黙っていた。だって言えることなんて一つもないから。言って許されることなんて何一つないから。

何ができるのか。何をすればいいのか。どこに行けばいいのか。誰に話しかければいいのか。どこから帰ってくればいいのか。それが何一つわからない僕は。部屋で。街で。コンビニで。土手で。ドトールで。やり過ごした。

深夜。父のウイスキーをこっそり飲んでいた。台所の奥にある棚。大容量のペットボトルに入ってる茶色の祈り。持ち上げる。無職にとっては。あまりにも重い。コップに少しだけ注いで一気に飲み干す。喉。食道。胃。身体の内側の構造が再確認される。曖昧になりたかった。どうしても曖昧にならなければいけなかった。目の前にある。すぐに叶えられる願いに縋《すが》った。すぐにコップを洗う。水を拭き取り棚に戻す。それは慣れた手つきで。あまりにも慣れた手つきで。自分が怖い。

無職になり数年後。会うたびに言われた父からの「大丈夫なのか」は数ヶ月に一度の話し合いへと変わっていった。相変わらず言い返せる言葉は「大丈夫です」くらいしかない。大丈夫じゃないやつの口から発せられる大丈夫に価値なんてあるわけもなく。大安売りスーパーセールで0円の言葉が。居間に虚しく響く。大丈夫じゃない。もちろん大丈夫じゃない。でも大丈夫でいるしかない。最後の砦。最後の柱。最後の言葉。大丈夫で守っていた砂の心。

いつしかそんな心配にも慣れてしまい。気がつけば全てのことから逃げることに慣れてしまっていた。何も感じない。何も感じられない。ただ寝て起きるだけの無。インターネットだけで外にいる気がしてる無。もう少しで何かが〝完成〟しそうになっていた。

そんなとき。父からメールが届いた。それは長文の。重くて。苦しくて。真剣で。細かい部分まで思い出すと意識が遠く視界が細く狭くなってしまうような。そんなメールだった。

もちろん簡単に言えば「働け」ということが書かれていたのだけれど。だけれども。それだけじゃなかった気がした。

だからといって。そのメールを読んで僕が何か大きく人生を変えたわけではない。

ただ確かにほんの少しだけ。どうにかしようとしてみただけだ。気持ち。ほんの気持ち。

人生は緩やかにしか変わっていかない。

働くようになってからは、父と少しずつ会話をするようになった。ぎこちなく。淡々と。喋り慣れてないから。父は相変わらず酔っ払うと同じ話をする。それにただ頷きながら相槌を打つ。会話とは言えないものかもしれない。ただ。僕は。〝部屋〟だけだった世界が〝家〟に広がった気がした。父が守ってきた家。守られてきた自分。

ただ、家族だった。

父は禁煙をして、運転も少しだけ優しくなっている。

サイレントクッキング（ポテチとチヂミ）

無職になったというのに腹は減る。大学を6年かけて卒業したのにもかかわらず腹は減る。

寝るかインターネットするかしかしていないのに腹は減る。とにかく減る。困った。

実家にいる無職というのは、いつしか家庭の中で生きていくためのルールを作り出していく。親とあまり顔を合わせたくないという理由から、親のいない時間に行動を取るようになった。具体的に説明すると、まず母親がパートに出かけている昼

11時から夕方17時までが自分の生活の第1部だ。

昼ごはんを済ませ、リビングで映画を観たりゴロゴロしたりする。しばらくしたらおやつ作りの準備を始める。よく作っていたのは手作りのポテトチップスだった。

まずはキッチンでじゃがいもを探す。もちろん自分で買ったものではない。だから1つだけにする。スライスして水にさらす。しばらくしたらキッチンペーパーで水分を拭き取る。そしてフライパンに油を入れる。ここで気をつけないといけないのは新しい油を使わないこと。日本の法律では無職に新しい油を使う権利は存在しない。オイルポットに溜まっている古い油を入れる。油に一枚ずつじゃがいもを入れていく。パチパチと油の音がキッチンに響く。

家にいる。僕は今。家に。いる。黄金色へと変わっていくじゃがいも。何も変わらない自分。パチパチ。音。揚がったものから取り出していく。今日が何日なのか。今日が何曜日なのか。知らなくてもいい。朝と夜だけがわかればいい。何をしている。何をしている。ポテチを揚げている。そうだね。うまく揚がったね。

完成したポテチに塩を振る。一口。パリッ。二口。サクッ。ポテチは教えてくれない。これから先。どうなるのかを。でも。忘れさせてくれる。冷ました油は丁寧にオイルポットへ戻す。洗い物をして棚へと戻す。無職の息子が家でポテチを手作りしていることがバレないように。そっと。そっと。そっと。そっと。ぜったいにバレていたとは思う。それでも。

日が増すごと上手になっていくポテチ作り。日が増すごとに古くなっていく油。日が増すごとに不明瞭になっていく自分。意志を纏わない身体。意味を持たない心。定刻。ポテチ揚げ。いよいよ。そろそろ。

よくポテチを作りながら声優のラジオを聴いていた。人の声が聞きたかった。毒にも薬にもならない会話が聞きたかった。内容なんてほんの少しも覚えてない。楽しく喋る人の声。音としての声。コミュニケーションの空気。必要だった。一人の家に響く声が。

親が寝静まる深夜1時。第2部が始まる。再びキッチンへと向かい今度は夜食を作る。ここでも大事なのは親になるべくバレないように調理することだ。親の生活を邪魔しないようにする。せめてもの気遣い。マナー。そして働いていない身としてキッチンの食材を使うことへの罪悪感も忘れてはいけない。なるべく使ったことに気づかないような食材を使用することを心がけていた。

夜食でよく作っていたのはチヂミだ。使ったことがバレにくい小麦粉と片栗粉とだしの素をボールに入れて水を加えてちょうどいい硬さになるまでまぜる。片栗粉を多めにするとカリカリに仕上げることができる。具はなんだっていい。ネギでも天かすでも海苔でも。そのときキッチンにたくさんあるものを使った。(使うな)。そしてごま油をひいたフライパンでカリカリになるまでじっくりと焼く。ガスをつける音も慎重に。静かに。ただ静かに。深夜の空気と一体化するように。

タレはポン酢にごま油とラー油を入れたものを用意していた。最後に白ごまを指で潰しながらタレにまぶすと香りがたってより美味しくなるのでオススメ。だけどそれは仕事をしている人がやることかもしれない。

まるで自分が空気になったかのように静かな料理を終えて。静かに部屋に戻る。インターネットをしながらチヂミを食べる。また来る朝を待ちながら。また来る朝を恨みながら。

これから東京メトロ

満員電車に乗る。会社に行くために。そのためだけに。知らない人と長方形の箱で潰される時間。なぜ。なぜ。なぜ。

満員電車に乗る。家に帰るために。そのためだけに。知らない人と長方形の箱で潰される時間。なぜ。なぜ。なぜ。

どこを見ればいいのかわからない。他人の背中に。他人の靴に。他人の指先に。視線を落としたくない。

だから会社からの帰り道。電車に乗ったらツイートをした。少しでもいいから。気持ちを逃がした。外に。外に。地下鉄は進んでるのか戻っているのかわからない。

これは2017年から2018年の。電車に乗った自分の記録。

＊

これから東京メトログチャグチャ線に乗って帰宅です……

これから東京メトロ半熟トロトロ煮卵線に乗って帰宅です……

これから東京メトロ何かしているようで何もしていない線に乗って帰宅です……

これから東京メトロ油ベタベタチャーハン線に乗って帰宅です……

これから東京メトロチキンかあさん煮定食線に乗って帰宅です……かあさん……帰ります……

これから東京メトロサラダチキンの汁ついついつい飲んじゃう線に乗って帰宅です……

これから東京メトロインターネットは俺たちに何もしてくれない線に乗って帰宅です……

これから東京メトロいつだって心の中にPIKOのTシャツを着た自分がいる線に乗って帰宅です……

これから東京メトロわかりま線に乗って帰宅です……

これから東京メトロワンワンワン線に乗って帰宅ですワン……

これから東京メトロ限りなく透明に近いカフェの1000円するランチ線に乗って帰宅です……

これから東京メトロどれだけツイートすれば楽になれるの線に乗って帰宅です……

これから東京メトロ汚れた東京の暗闇を走るこの電車から月は見えない線に乗って帰宅です……

これから東京メトロたまには家が俺に帰ってきてほしい線に乗って帰宅です……

これから東京メトロ乗ってる間に日をまたぐ線に乗って明日帰宅です……

これから東京メトロストロングゼロは少しだけ白く残ってすぐ消えた線に乗って帰宅です……

これから東京メトロ街はストロングゼロのお湯割りの季節線に乗って帰宅です……

これから東京メトロ夜に飲み会があるのにお菓子をたくさん食べちゃった線に乗って帰宅です……

これから東京メトロ自分が22歳くらいだと信じてやまない線に乗って帰宅です……

これから東京メトロ何を言われても「でも結局、人それぞれだよね」しか言いたくない線に乗って帰宅です……

これから東京メトロ僕たちは松屋のみそ汁を変えることができない線に乗って帰宅です……

これから東京メトロジェラピケかと思ったら便座カバーだった線に乗って帰宅です……

これから東京メトロ夜遅くまで光り続ける高層ビルの木。ダメになった人の山。排気ガスを出す車は動物。ストロングゼロの川。おいでよ線に乗って帰宅です……

これから東京メトロ早くミラノに行って本場のミラノ風ドリアとミラノサンドを食べたい線に乗って帰宅です……

これから東京メトロ今まで君がTwitterに使った時間で一体何ができたと思う？線に乗って帰宅です……

これから東京メトロ今年まだ10秒くらいしか経ってない気がする線に乗って帰宅です……

これから東京メトロものすごく暑くて、ありえないほど暑い線に乗って帰宅です……

これから東京メトロ自分以外の人って全員他人だから何も気にしなくていいらしいです線に乗って帰宅です……

これから東京メトロふにゃふにゃ線に乗ってふにゃふにゃと帰宅です……

これから東京メトロ二人で貯めたTポイントで小高い丘に小さな家を建てよう線に乗って帰宅です……

これから東京メトロ新年度から仕事をしてるふりを頑張った線に乗って帰宅です……

これから東京メトロいろいろ考えていろいろ考えないことにしました線に乗って

帰宅です……

これから東京メトロ雪の日の夜の外が明るいのすごい好き線に乗って帰宅です……

これから東京メトロアメリカンドッグを両手に持って堂々と歩きたい線に乗って帰宅です……

これから東京メトロ大人だけどマックのポテトが全サイズ150円になるクーポンの仕組みがわからない線に乗って帰宅です……

これから東京メトロこの冬、道に落ちている手袋の数は日本の総人口を超えると言われている線に乗って帰宅です……

これから東京メトロフライドポテトって飲み会で頼むと「え〜? ポテト〜?」

みたいに言われるけどみんな普通にすごい食べるよね線に乗って帰宅です……

これから東京メトロチーズナンを考えた人に自分の寿命を半分あげたい線に乗って帰宅です……

これから東京メトロ僕たちは満員電車でリュックサックを前に抱えるために生まれてきたんじゃない線に乗って帰宅です……

これから東京メトロビジネス書を読んでる人とスマホでツムツムをやってる人に挟まれたのでバランスを取るためTwitterをしている線に乗って帰宅です……

これから東京メトロお腹が空いたことが確定したので申告したい線に乗って帰宅です……

これから東京メトロ電車で椅子に座るときに全体重かけて勢いよく座る人のこと

をドッスンと呼んでいる線に乗って帰宅です……

これから東京メトロ月曜日は何かをしたところで何もしてないのと一緒線に乗って帰宅です……

これから東京メトロ渋谷には谷があって代官山には山があるけど自由が丘に自由はなかった線に乗って帰宅です……

これから東京メトロいまだに雨への対処方法が傘とレインコートしかないのおかしいと思う線に乗って帰宅です……

これから東京メトロ30歳初めての社会人生活1年目が終わった線に乗って帰宅です……

nonidentical organism

僕には姉がいる。明るくてよく喋る。どんな場所でもグイグイといってしまう。そんな性格だけでなく派手な服装も好んでおり、一般的にギャルと呼ばれている人だ。

子供の頃は、やんちゃでわんぱくな姉と大人しくて泣き虫な弟というバランス構造になっており、よく性格が逆ならいいのになんて言われたものだった。ひとたび喧嘩になれば姉の強さに圧倒されていたのだけれど、意見をズバズバと言える姉に憧れてもいた。

部屋にはギャル雑誌『egg』が並び、ヒョウ柄とハイビスカスをモチーフにしたインテリアでコーディネートされていた。姉の友達もギャルみたいな人が多くて、友人たちが家に遊びに来ていたときはとても怖かった記憶がある。そんな姉は結婚をして子供を産み実家を出て、実家から徒歩数分のアパートに家族で住んでいた。働かない僕を心配してくれてもいた。弟に優しいギャルは、います。

ある日、どうしても出かけたい用事がある姉に頼まれて、一人で姉の子供をみることになった。どうせ暇なので僕は了承した。実家で毎日インターネットをするだけの弟に頼むのは不安だったと思う。

実家に子供を連れてきた姉は、色々と注意することを僕に教えて出かけていった。いつもは昼間、一人で悠々自適に暮らしている実家に無職の大人とまだ一人で歩くことすらできない赤ちゃんがいる。正反対だなと思った。赤ちゃんの横に一緒に寝転んで頭を撫でる。手を握ってみる。小さな手。曇りなき目。ふわふわの髪の毛。

姉に教えてもらった時間になったらミルクを作る。お湯の温度にこんなに気を使ったのは人生で初めてだった。少しのミスで大変なことになってしまう。緊張感。冷凍食品を適当に温めれば満足する無職とは違う。守らなければいけない。守ってあげたい。母性ってこういう感じなのかな、なんて思いながらミルクをあげる。透き通るような口で一生懸命に哺乳瓶をくわえる赤ちゃん。触れば破れてしまう繊細な膜のような命だった。

泣き出せばすぐに原因を探る。おむつを替えてあげて、赤ちゃん用のおせんべいを食べさせてあげた。少しだけもらった。美味しかった。抱っこをして赤ちゃんに話しかける。もちろん赤ちゃんからは意味をなさない言葉がたまに出てくるだけだけど。話しかけてしまう。普段は一人で親とも喋らないような生活をしているせいなのか。たくさん話しかけてしまう。笑ってほしい。それだけ。

夕方。赤ちゃんを迎えにきた姉。母を見たときの赤ちゃんの安心した顔はいまだに忘れられない。こんな叔父さんでごめんなさい。また一人になった実家。考える。

僕もこんなふうに育てられていたのだろうか。僕だってかつては、何もできない赤ちゃんだった。毎日泣き叫んでいた。

でも、毎日のように何もできないまま、泣き叫ぶようにツイートをしている無職の僕だって同じだったのかもしれない。もう、泣く元気すらないけど。

労働と油揚げ鍋

働いている。あんなにも働いてなかったのに働いている。なぜだろう。働いてしまっている。どうしてだろう。働くことに疑問をもたなくなっている。働くことで働いている。働くことに働かされている。働いていなかったことを思い出せないほど働いている。

働き始めて何かが変わったのだろうか。朝。縦になる。家を出る。昼。縦のまま移動している。パソコンを眺めてる。夜。横になる。月に一度。お金がもらえる。月に一度。お金を払う。家。振り込んだ家賃が川に流れ、海へとたどり着き、雲になって、私たちへ降り注ぐ。お金を。蓄えている。お金を。動かしている。お金に動かされている。

知らぬ間に知っていく。知らぬ間に忘れていっている。誰とも喋らず一人の部屋にいたのに。誰かと話している。知らぬ間に歳をとっている。徹夜する理由が何となくではなくなった。たくさん移動できるようになったけど。たくさん歩くと疲れるようになった。

社会人一年目。毎朝が初日の気持ち。メール一つ送るのにも緊張した。10回は見直してから送信ボタンを押した。お世話になっております。予測変換に出ても全部打った。電話がしたくなさすぎて問い合わせフォームを必死に探した。会社にかかってくる電話に出たくなさすぎてイヤホンをして聞こえないふりをしていた。打ち合わせに行くのに集合時間の30分前には最寄り駅に着くようにしていた。時間がありすぎて意味もなく街を歩いた。大事な仕事で忘れ物をしないために何回も何回も確認をした。たくさんのサラリーマンと同じ電車に乗って家に帰ることだって苦痛じゃなかった。なんだか誇らしく思えた。

　毎日を無駄にしてきたから。毎月を無駄にしてきたから。毎年を無駄にしてきたから。明日のことを考えずに生きてきたから。明後日のことを考えずに生きてきたから。数年後のことを考えずに生きてきたから。せめて来週のことまでは考えるようにした。遥か遠くにある社会を手繰り寄せた。なんとか手に摑めた。なんとかゼロまで浮上した。と思う。


　自分を忘れないために作る料理がある。疲れててもすぐに作れるからと考え出した料理。鍋に水と昆布だしと油揚げを入れて煮立たせるだけの油揚げ鍋。だしを吸った油揚げを、味ぽんに一味を少し入れたものにつけて白米と食べる。油揚げは味ぽんを白米に運ぶための媒体。

　家に帰り、油揚げ鍋を食べる。労働の後の油揚げ鍋はなぜか染みるのだ。口のなかでだしと味ぽんが交わるあの瞬間。食べながら明日のことを考える。今までは考えたことのない。

明日。予定がある。することがある。自分が。ある。

思っていたから、どうしようもない

過去。毎日。寝るとき以外はずっと見ていたTwitter。いまなにしてる？ なにもしてないよ。でも生きていた。それだけだけど。だけではないけど。ツイートしていた。だいたい深夜。深夜にだけ聞こえる遠くの電車の音。外が明るくなってきたらこっちの勝ち。別に社会を憎んでないから。考えないだけの生活が言葉になって積み上がっていく。そんな無職だったときにしていたツイートを読み返してみる。

口を開けながら見るアニメ。土に埋めたパソコン。買っただけで読まない本。Macを使う男はクズ。唇の皮がない。毎日毎日。液体になりたい。自分と布団との境目がわからない。公園でやるツイッターはほろ苦い。貧乏だからSuicaにお金チャージするとめっちゃ悲しくなる。ありのままに生きてきた結果がこれ。正しいことがしたい。俺が近づく信号、全部点滅しだす。クラウドファンディングでサイゼリヤ行きたい。公園で鳩とツイッターしてる。鈍感だから最近やっと自分が赤ちゃんじゃないことに気がついた。中指を立てる前に生計を立てようね。年収0円。今が平成何年なのかわからないし今日何曜日なのかもわからない。

●

食べ物の画像食べたい。社会人の前でため息ついたら「お前は明日仕事ないだろ」って怒られた。毎日の行動が同じ過ぎて時間をループしてる気がしてきた。ふりかけご飯とかいう神が生み出した奇跡。お金があればどこにでも行けるとの噂。目つぶってただけなのに夜になるのおかしいと思う。水とりぞうさんに貯まった水で乾杯したい。お化けより社会の方が怖い。毎日インターネットにありがとうを1000万回聞かせている。生活が見つからない。

怒りと憎しみと658円しかない。お金のかからない楽しいこと→歩く・止まる・寝る。早く病室で目覚めて「なんだ全部夢だったのか」って言いたい。誰にも見せないブログ。ティッシュのゴミの山。全部同じ色の服。明日も部屋でクネクネするだけ。心の10億円。空っぽの財布。フォロワーとかいうただの画面。サンゴの映像が映ってるテレビ。全部投げ出してどっか遠いところ行きたいけど投げ出すものが何もなかった。自分がただの棒な気がしてきて不安になった。何にもしてないのに何にもしたくないって思うの異常な気がしてきた。11時に起きて布団の中でゴロゴロしてたらまた寝てしまって起きたら17時だった。顔の産毛を抜いた。終わり。

ドトールで泣いてる。人生が終わるときに鳴る音。草原で車燃やしたい。森でチーズ食べてたら一日が終わった。ツイッターはお前をうつす鏡。若者たちは貯まったTポイントで家や車を買う。時間が進むの怖すぎて家中の時計ぶっ壊した。生きてるといろんなことがあるよね～↓無い。ガストのサイトでメニュー見てたら2時間経ってた。一言も喋らずに真顔でツイッターやってるのウケる。川1時間歩いたけど川だったから帰る。固形コンソメかじってる。ベランダから向かいの家の屋根に雪投げる遊びしてたら涙でてきた。心と心を繋いでる微かな小銭。今日アーとしか言ってない。

●

人生はお金が全てじゃないって言ってる人から1万円ずつ貰いたい。泣きながら泣いてる。親が追いコン開いてくれたので家を出なくちゃいけない。ピザトースト食べただけで一日が終わろうとしている。今日は家から一歩も出てないから家の外の世界は存在してない可能性もある。「旅立ちの日に」を歌いながら求人情報サイト見てる。無なのに銀行来たけどやっぱり無だった。急に呪われてる気がしてきた。年収0円。外歩いたり走ったりするのが無料って凄いしどんどん利用してきたい。人生の迷子センター。

●

全部許すから全部許して〜。地面と平行になってる。両手にナイススティック持って暴れてる。優しいだけの人。公園の木に悩み打ち明けてる。東京の人口、70人くらいにしてほしい。BOOKOFFウルトラセールのメインステージで踊り狂ってる。人生が終わるときに聞こえるサイレン。部屋で散歩する。靴の中に雨水がジワァ…って入ってきた感じの気持ちで日々を過ごしてる。ホットココアとアイスココアの境界線を探す旅に出ます。マラカス振って陽気に踊るから全部許してほしい。親に向かってなんだそのストロングゼロは。

見に行く川がない。１００年の恋、そんなに生きれないし何でもいいでしょ。今何曜日なのか完全にわからない。コンビニ行く途中で一人怒鳴り散らしながら歩いてるおっさんを見て「なにが21世紀だよ」と思った。やる気しかないから何もできない。サイになっていろんな場所に突っ込みたい。他人ってめちゃくちゃいっぱい存在するな。恋は雨上がりのように、俺はふやけたコーンフレークのように。22歳くらいまで源泉徴収のこと東京都が温泉の管理をするためのお金だと思って何で俺が払わなきゃいけないんだよってキレてた。

思っていたから、どうしようもない。

部屋

東京都。東の方。実家。一軒家。2階の部屋。何年もそこにいた。いたらどうなる。もっといたらどうなっていた。怖い。あの部屋。ピアノの音。パソコンの画面。救急車の音。外。ベランダ。布団。雨戸。屋根。塀。猫。遠くに見えるTSUTAYAの光。夜中のエンジン音。うるさい。青いカーペット。子供の頃にハンダゴテで溶かして固まったパリパリ。その下は畳で。畳が嫌だから。敷いたカーペット。机。子供の頃から変わらない。学習机。木。そのせいで新しい自分になれない。気のせい。キーボード。埃。指。爪。思い通りになる。言葉。うまくいかない。ペットボトルのゴミ。少しだけ残った水分。ゴミ箱。汗。クーラーのリモコン。設定温度。

26℃。弱風。時計はない。天上。壁。床。ドア。引き戸。押入れ。箱。箱。箱。箱が捨てられない。箱ばかり増えていく。小学生のときに描いた絵。ずっと捨てられない。習字道具。裁縫箱。捨てられない。椅子。退屈で上げ下げする。退屈でくるくる回る。足で床を蹴って。右に3周回る。戻すために同じ回数左に回る。そうしないと落ち着かない。変なの。ベッド。窓際。壁とベッドの間に顔を入れて目を閉じる。違う世界みたいで。落ち着く。棚。CD。おもちゃ。捨てられない全て。捨ててもよかったのに。全部取っておいて後で見て全部思い出して。楽しくなる。辛くなる。子供のままでいる。どうでもいいネジですら捨てられない。どうでもいいネジがたくさんある。そういう棚。クローゼット。同じような色の同じような服ばかり買う。数年に一度。挑戦的な色の服を買って数回だけ着て後悔する。同じTシャツをパジャマにしてずっと着ていた。部屋着。コンビニ着。深夜の近所着。ずっといた。この部屋。終わらないと思っていた。あの部屋。なんとかなると思っていた。あの部屋。電気を点けるのすら申し訳なくて真っ暗にしていたときもあった。あの部屋。どこにも行かないことを決めた。あの部屋。どこにも行けないことが辛いけどベッドと体が離れなかった。あの部屋。ドア越しに怒られた。あの部屋。

母親の寂しそうな顔。あの部屋。父親の真面目な顔。あの部屋。ただ守られていただけの。あの部屋。あの部

屋。あの部屋を。

出た。

今。

仕事。結婚。健康。老後。考えてもぜんぜん駄目だけど。

徹夜ができなくなったけど。たくさん食べられなくなったけど。

こうなってるけど。こうなれたんだけど。こうなれているんだけれど。

たまに思い出す。何もしていなかったときのことを。何にもなれていなかったときのことを。

ふと自分が戻る感覚。自分だけがボーダーラインの一歩外側にいる感覚。それが今でもある。

全員。インターネット。部屋。ありがとう。

今。

今も自分です。

今。

今もあの頃の自分です。毎日ずっと寝られます。

疲れて疲

れて疲れて

疲れたときのダブルチーズバーガー

疲れて疲れて疲れて疲れて疲れて疲れて疲
れて疲れて疲れて疲れて疲れて疲れて疲れ
て疲れて疲れて疲れて疲れて疲れて疲れて
疲れて疲れ
て疲れて疲
れて疲れて
疲れて疲れ
て疲れて疲
れて疲れて
疲れて疲れ
て疲れて疲
れて疲れて
疲れて疲れ
て疲れて疲
れて疲れて
疲れて疲れ

て疲れて疲れて疲れて疲れて疲れて疲れて疲れて疲れて疲れて疲れて疲れて疲れて疲れて疲れて疲れて疲れて疲れて疲
れて疲れて疲れて疲れて疲れて疲れて疲れて疲れて疲れて疲れて疲れて疲れて疲れて疲れて疲れて疲れて疲れて疲れて
疲れて疲れて疲れて疲れて疲れて疲れて疲れて疲れて疲れて疲れて疲れて疲れて疲れて疲れて疲れて疲れて疲れて疲れ
て疲れて疲れて疲れて疲れて疲れて疲れて疲れて疲れて疲れて疲れて疲れて疲れて疲れて疲れて疲れて疲れて疲れて疲
れて疲れて疲れて疲れて疲れて疲れて疲れて疲れて疲れて疲れて疲れて疲れて疲れて疲れて疲れて疲れて疲れて疲れて
疲れて疲れて疲れて疲れて疲れて疲れて疲れて疲れて疲れて疲れて疲れて疲れて疲れて疲れて疲れて疲れて疲れて疲れ
て疲れて疲れて疲れて疲れて疲れて疲れて疲れて疲れて疲れて疲れて疲れて疲れて疲れて疲れて疲れて疲れて疲れて疲
れて疲れて疲れて疲れて疲れて疲れて疲れて疲れて疲れて疲れて疲れて疲れて疲れて疲れて疲れて疲れて疲れて疲れて
疲れて疲れて疲れて疲れて疲れて疲れて疲れて疲れて疲れて疲れて疲れて疲れて疲れて疲れて疲れて疲れて疲れて疲れ
て疲れて疲れて疲れて疲れて疲れて疲れて疲れて疲れて疲れて疲れて疲れて疲れて疲れて疲れて疲れて疲れて疲れて疲
れて疲れて疲れて疲れて疲れて疲れて疲れて疲れて疲れて疲れて疲れて疲れて疲れて疲れて疲れて疲れて疲れて疲れて
疲れて疲れて疲れて疲れて疲れて疲れて疲れて疲れて疲れて疲れて疲れて疲れて疲れて疲れて疲れて疲れて疲れて疲れ
て疲れて疲れて疲れて疲れて疲れて疲れて疲れて疲れて疲れて疲れて疲れて疲れて疲れて疲れて疲れて疲れて疲れて疲
れて疲れて疲れて疲れて疲れて疲れて疲れて疲れて疲れて疲れて疲れて疲れて疲れて疲れて疲れて疲れて疲れて疲れて
疲れて疲れて疲れて疲れて疲れて疲れて疲れて疲れて疲れて疲れて疲れて疲れて疲れて疲れて疲れて疲れて疲れて疲れ
て疲れて疲れて疲れて疲れて疲れて疲れて疲れて疲れて疲れて疲れて疲れて疲れて疲れて疲れて疲れて疲れて疲れて疲
れて疲れて疲れて疲れて疲れて疲れて疲れて疲れて疲れて疲れて疲れて疲れて疲れて疲れて疲れて疲れて疲れて疲れて

疲れて疲れて疲れて疲れて疲れて疲れて疲れて疲れて疲れて疲れて疲れて疲れて疲れて疲れて疲れて疲れて疲れて疲れ
て疲れて疲れて疲れて疲れて疲れて疲れて疲れて疲れて疲れて疲れて疲れて疲れて疲れて疲れて疲れて疲れて疲れて疲
れて疲れて疲れて疲れて疲れて疲れて疲れて疲れて疲れて疲れて疲れて疲れて疲れて疲れて疲れて疲れて疲れて疲れて
疲れて疲れて疲れて疲れて疲れて疲れて疲れて疲れて疲れて疲れて疲れて疲れて疲れて疲れて疲れて疲れて疲れて疲れ
て疲れて疲れて疲れて疲れて疲れて疲れて疲れて疲れて疲れて疲れて疲れて疲れて疲れて疲れて疲れて疲れて疲れて疲
れて疲れて疲れて疲れて疲れて疲れて疲れて疲れて疲れて疲れて疲れて疲れて疲れて疲れて疲れて疲れて疲れて疲れて
疲れて疲れて疲れて疲れて疲れて疲れて疲れて疲れて疲れて疲れて疲れて疲れて疲れて疲れて疲れて疲れて疲れて疲れ
て疲れて疲れて疲れて疲れて疲れて疲れて疲れて疲れて疲れて疲れて疲れて疲れて疲れて疲れて疲れて疲れて疲れて疲
れて疲れて疲れて疲れて疲れて疲れて疲れて疲れて疲れて疲れて疲れて疲れて疲れて疲れて疲れて疲れて疲れて疲れて
疲れて疲れて疲れて疲れて疲れて疲れて疲れて疲れて疲れて疲れて疲れて疲れて疲れて疲れて疲れて疲れて疲れて疲れ
て疲れて疲れて疲れて疲れて疲れて疲れて疲れて疲れて疲れて疲れて疲れて疲れて疲れて疲れて疲れて疲れて疲れて疲
れて疲れて疲れて疲れて疲れて疲れて疲れて疲れて疲れて疲れて疲れて疲れて疲れて疲れて疲れて疲れて疲れて疲れて
疲れて疲れて疲れて疲れて疲れて疲れて疲れて疲れて疲れて疲れて疲れて疲れて疲れて疲れて疲れて疲れて疲れて疲れ
て疲れて疲れて疲れて疲れて疲れて疲れて疲れて疲れて疲れて疲れて疲れて疲れて疲れて疲れて疲れて疲れて疲れて疲
れて疲れて疲れて疲れて疲れて疲れて疲れて疲れて疲れて疲れて疲れて疲れて疲れて疲れて疲れて疲れて疲れて疲れて
疲れて疲れて疲れて疲れて疲れて疲れて疲れて疲れて疲れて疲れて疲れて疲れて疲れて疲れて疲れて疲れて疲れて疲れ
て疲れて疲れて疲れて疲れて疲れて疲れて疲れて疲れて疲れて疲れて疲れて疲れて疲れて疲れて疲れて疲れて疲れて疲

れて疲れ

て疲れて疲れて疲れて疲れて疲れて疲れて疲れて疲れて疲れて疲れて疲れて疲れて疲れて疲れて疲れて疲れて疲れて疲
れて疲れて疲れて疲れて疲れて疲れて疲れて疲れて疲れて疲れて疲れて疲れて疲れて疲れて疲れて疲れて疲れて疲れて
疲れて疲れて疲れて疲れて疲れて疲れて疲れて疲れて疲れて疲れて疲れて疲れて疲れて疲れて疲れて疲れて疲れて疲れ
て疲れて疲れて疲れて疲れて疲れて疲れて疲れて疲れて疲れて疲れて疲れて疲れて疲れて疲れて疲れて疲れて疲れて疲
れて疲れて疲れて疲れて疲れて疲れて疲れて疲れて疲れて疲れて疲れて疲れて疲れて疲れて疲れて疲れて疲れて疲れて
疲れて疲れて疲れて疲れて疲れて疲れて疲れて疲れて疲れて疲れて疲れて疲れて疲れて疲れて疲れて疲れて疲れて疲れ
て疲れて疲れて疲れて疲れて疲れて疲れて疲れて疲れて疲れて疲れて疲れて疲れて疲れて疲れて疲れて疲れて疲れて疲
れて疲れて疲れて疲れて疲れて疲れて疲れて疲れて疲れて疲れて疲れて疲れて疲れて疲れて疲れて疲れて疲れて疲れて
疲れて疲れて疲れて疲れて疲れて疲れて疲れて疲れて疲れて疲れて疲れて疲れて疲れて疲れて疲れて疲れて疲れて疲れ
て疲れて疲れて疲れて疲れて疲れて疲れて疲れて疲れて疲れて疲れて疲れて疲れて疲れて疲れて疲れて疲れて疲れて疲
れて疲れて疲れて疲れて疲れて疲れて疲れて疲れて疲れて疲れて疲れて疲れて疲れて疲れて疲れて疲れて疲れて疲れて
疲れて疲れて疲れて疲れて疲れて疲れて疲れて疲れて疲れて疲れて疲れて疲れて疲れて疲れて疲れて疲れて疲れて疲れ
て疲れて疲れて疲れて疲れて疲れて疲れて疲れて疲れて疲れて疲れて疲れて疲れて疲れて疲れて疲れて疲れて疲れて疲
れて疲れて疲れて疲れて疲れて疲れて疲れて疲れて疲れて疲れて疲れて疲れて疲れて疲れて疲れて疲れて疲れて疲れて
疲れて疲れて疲れて疲れて疲れて疲れて疲れて疲れて疲れて疲れて疲れて疲れて疲れて疲れて疲れて疲れて疲れて疲れ
て疲れて疲れて疲れて疲れて疲れて疲れて疲れて疲れて疲れて疲れて疲れて疲れて疲れて疲れて疲れて疲れて疲れて疲
れて疲れて疲れて疲れて疲れて疲れて疲れて疲れて疲れて疲れて疲れて疲れて疲れて疲れて疲れて疲れて疲れて疲れて

疲れて疲れて疲れて疲れて疲れて疲れて疲れて疲れて疲れて疲れて疲れて疲れて疲れて疲れて疲れて疲れて疲れて疲れ
て疲れて疲れて疲れて疲れて疲れて疲れて疲れて疲れて疲れて疲れて疲れて疲れて疲れて疲れて疲れて疲れて疲れて疲
れて疲れて疲れて疲れて疲れて疲れて疲れて疲れて疲れて疲れて疲れて疲れて疲れて疲れて疲れて疲れて疲れて疲れて
疲れて疲れて疲れて疲れて疲れて疲れて疲れて疲れて疲れて疲れて疲れて疲れて疲れて疲れて疲れて疲れて疲れて疲れ
て疲れて疲れて疲れて疲れて疲れて疲れて疲れて疲れて疲れて疲れて疲れて疲れて疲れて疲れて疲れて疲れて疲れて疲
れて疲れて疲れて疲れて疲れて疲れて疲れて疲れて疲れて疲れて疲れて疲れて疲れて疲れて疲れて疲れて疲れて疲れて
疲れて疲れて疲れて疲れて疲れて疲れて疲れて疲れて疲れて疲れて疲れて疲れて疲れて疲れて疲れて疲れて疲れて疲れ
て疲れて疲れて疲れて疲れて疲れて疲れて疲れて疲れて疲れて疲れて疲れて疲れて疲れて疲れて疲れて疲れて疲れて疲
れて疲れて疲れて疲れて疲れて疲れて疲れて疲れて疲れて疲れて疲れて疲れて疲れて疲れて疲れて疲れて疲れて疲れて
疲れて疲れて疲れて疲れて疲れて疲れて疲れて疲れて疲れて疲れて疲れて疲れて疲れて疲れて疲れて疲れて疲れて疲れ
て疲れて疲れて疲れて疲れて疲れて疲れて疲れて疲れて疲れて疲れて疲れて疲れて疲れて疲れて疲れて疲れて疲れて疲
れて疲れて疲れて疲れて疲れて疲れて疲れて疲れて疲れて疲れて疲れて疲れて疲れて疲れて疲れて疲れて疲れて疲れて
疲れて疲れて疲れて疲れて疲れて疲れて疲れて疲れて疲れて疲れて疲れて疲れて疲れて疲れて疲れて疲れて疲れて疲れ
て疲れて疲れて疲れて疲れて疲れて疲れて疲れて疲れて疲れて疲れて疲れて疲れて疲れて疲れて疲れて疲れて疲れて疲
れて疲れて疲れて疲れて疲れて疲れて疲れて疲れて疲れて疲れて疲れて疲れて疲れて疲れて疲れて疲れて疲れて疲れて
疲れて疲れて疲れて疲れて疲れて疲れて疲れて疲れて疲れて疲れて疲れて疲れて疲れて疲れて疲れて疲れて疲れて疲れ
て疲れて疲れて疲れて疲れて疲れて疲れて疲れて疲れて疲れて疲れて疲れて疲れて疲れて疲れて疲れて疲れて疲れて疲

れて疲れて疲れて疲れて疲れて疲れて疲れて疲れて疲れて疲れて疲れて疲れて疲れて疲れて疲れて疲れて疲れて疲れて
疲れて疲れて疲れて疲れて疲れて疲れて疲れて疲れて疲れて疲れて疲れて疲れて疲れて疲れて疲れて疲れて疲れて疲れ
て疲れて疲れて疲れて疲れて疲れて疲れて疲れて疲れて疲れて疲れて疲れて疲れて疲れて疲れて疲れて疲れて疲れて疲
れて疲れて疲れて疲れて疲れて疲れて疲れて疲れて疲れて疲れて疲れて疲れて疲れて疲れて疲れて疲れて疲れて疲れて
疲れて疲れて疲れて疲れて疲れて疲れて疲れて疲れて疲れて疲れて疲れて疲れて疲れて疲れて疲れて疲れて疲れて疲れ
て疲れて疲れて疲れて疲れて疲れて疲れて疲れて疲れて疲れて疲れて疲れて疲れて疲れて疲れて疲れて疲れて疲れて疲
れて疲れて疲れて疲れて疲れて疲れて疲れて疲れて疲れて疲れて疲れて疲れて疲れて疲れて疲れて疲れて疲れて疲れて
疲れて疲れて疲れて疲れて疲れて疲れて疲れて疲れて疲れて疲れて疲れて疲れて疲れて疲れて疲れて疲れて疲れて疲れ
て疲れて疲れて疲れて疲れて疲れて疲れて疲れて疲れて疲れて疲れて疲れて疲れて疲れて疲れて疲れて疲れて疲れて疲
れて疲れて疲れて疲れて疲れて疲れて疲れて疲れて疲れて疲れて疲れて疲れて疲れて疲れて疲れて疲れて疲れて疲れて
疲れて疲れて疲れて疲れて疲れて疲れて疲れて疲れて疲れて疲れて疲れて疲れて疲れて疲れて疲れて疲れて疲れて疲れ
て疲れて疲れて疲れて疲れて疲れて疲れて疲れて疲れて疲れて疲れて疲れて疲れて疲れて疲れて疲れて疲れて疲れて疲
れて疲れて疲れて疲れて疲れて疲れて疲れて疲れて疲れて疲れて疲れて疲れて疲れて疲れて疲れて疲れて疲れて疲れて
疲れて疲れて疲れて疲れて疲れて疲れて疲れて疲れて疲れて疲れて疲れて疲れて疲れて疲れて疲れて疲れて疲れて疲れ
て疲れて疲れて疲れて疲れて疲れて疲れて疲れて疲れて疲れて疲れて疲れて疲れて疲れて疲れて疲れて疲れて疲れて疲
れて疲れて疲れて疲れて疲れて疲れて疲れて疲れて疲れて疲れて疲れて疲れて疲れて疲れて疲れて疲れて疲れて疲れて
疲れて疲れて疲れて疲れて疲れて疲れて疲れて疲れて疲れて疲れて疲れて疲れて疲れて疲れて疲れて疲れて疲れて疲れ

て疲れて

疲れてどうしようもないときに食べるマックのダブルチーズバーガー。

これが最後の食事でもいいって毎回思う。

あとがき

長い学生時代がありました。時間。それは使いすぎた時間でした。
何もなかった時期がありました。空白。なんて言葉にもならないほどの。空白。
そんな頃の日々と食べることについての記憶を、思い出しながら書きました。
文字になったら自分の話なのに他人の話みたいで不思議です。
寝て。起きて。起きて。寝て。でも。そ

の間には。様々な。事。人。食。時。場所。

空気。こんなにもあった。こんなにもあったのかと。驚きました。

あんなに何もなかったはずなのに。

今では毎日会社に通って、人並みに仕事をしたり、何ひとつお世話になってない人にメールで送る「お世話になっております」だったり。打ち合わせに出たり、会社の人とランチに行って食べすぎて昼寝したり、たまに仕事をサボってオフィス近くのイトーヨーカドーをふらついたりしています。

たぶん僕は何もしないことが得意です。

気がついたら寝て起きてだけを繰り返して

しまいます。でも。だからこそ数年間なにもしなくても比較的おだやかに生きてこれました。

もちろん一緒に住んでいた両親はおだやかではなかったでしょうけど。(夜中に台所の食材を勝手に使っていたにもかかわらず実家に住まわせてくれて、ありがとうございました)

この本に書いたような過去があったからこそ、あの頃は特別だけど戻りたくないと思えるからこそ、今、僕は会社員という自分が崩れないように。こぼれないように。なんとか人間の形を保っていられるのだと思います。

ただ、気をつけないと、心の奥底にまだいるように感じることがあります。無職の頃の自分が。それはこちらを見つめながら手を振っているようにも見えるし、手招きをしているようにも見えます。少しだけ怖いです。

でも、土手とブックオフがある限り大丈夫な気がしています。

初出「100円のもんじゃ」「ピータンとチャーハン」「チャパティと具のないカレー（野菜を作るということ）」「ぎっしりのり弁」「サイレントクッキング（ポテチとチヂミ）」「労働と油揚げ鍋」「疲れたときのダブルチーズバーガー」は『口にする』（2023年、私家版）に掲載のものを改稿した。

マンスーン

1987年東京都生まれ。ライター／ディレクター。大学卒業後に無職を経験したのち、WEBメディア『オモコロ』を運営する株式会社バーグハンバーグバーグに入社。話題になったPRコンテンツの制作ディレクションや、役に立たない工作記事を執筆している。

Xアカウント：@mansooon

無職、ブックオフ

2024年12月16日　第1刷発行

著者　マンスーン

発行人　北野太一

発行所　合同会社素粒社

〒184-0002
東京都小金井市梶野町1-2-36
電話　0422-77-4020
FAX　042-633-0979
https://soryusha.co.jp/
info@soryusha.co.jp

イラスト　花川猫

ブックデザイン　吉岡秀典＋及川まどか＋平良佳南子（セプテンバーカウボーイ）

印刷・製本　創栄図書印刷株式会社

ISBN978-4-910413-16-7 C0095

〈エッセイ〉

ちょっと踊ったりすぐにかけだす

古賀及子

B6並製／320頁
1,700円

母・息子・娘、3人暮らしの愉快で多感な約4年間の日記より、書き下ろしを含む103日分をあつめた傑作選。『本の雑誌』が選ぶ2023年上半期ベスト第2位。

〈エッセイ〉

おくれ毛で風を切れ

古賀及子

B6並製／304頁
1,800円

『ちょっと踊ったりすぐにかけだす』続編日記エッセイ。まだまだあった前回未収録作に加え、書き下ろしを含む新たな日記を収めた第2弾。

〈小説〉

金は払う、冒険は愉快だ

川井俊夫

四六変上製／208頁
1,800円

「俺はこの町で一番頭が悪く、なんのコネやツテもなく、やる気も金もないクソみたいな道具屋だ」伝説のテキストサイト運営人にして破格の経歴をもつ古道具屋店主による痛快〝冒険〟私小説。

※表示価格はすべて税別です

素粒社
soryusha の本